イェニー・ヤーゲルフェルト 作
ヘレンハルメ美穂 訳

コメディ・クィーン

岩波書店

愛するママとパパへ

COMEDY QUEEN
by Jenny Jägerfeld

First published 2018 by Rabén & Sjögren, Sweden.
This Japanese edition published 2024
by Iwanami Shoten, Publishers, Tokyo
by arrangement with Grand Nordic Agency, Sweden
through The English Agency (Japan) Ltd., Tokyo.

The cost of this translation was supported by subsidy
from the Swedish Arts Council, gratefully acknowledged.

カバー画・カット　中田いくみ

コメディ・クイーン

目次

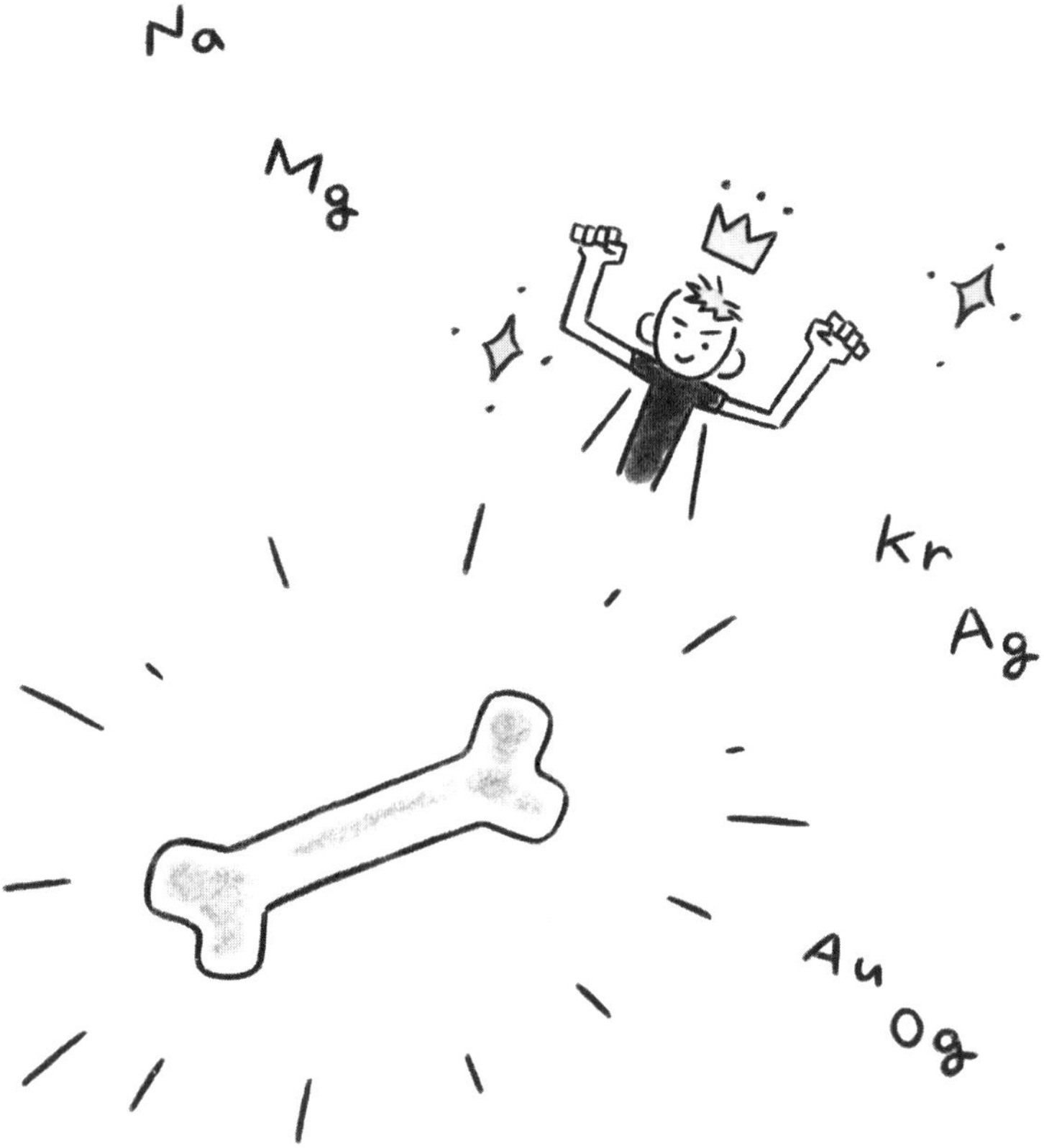

謝《しゃ》辞《じ》

つぎに挙《あ》げるみなさんに、このどくどくと脈打《みゃくう》つ心臓《しんぞう》の奥《おく》、心の底《そこ》の奥底《おくそこ》から、ありがとう、とお伝《つた》えしたいです。

ユルヴァ・マグヌソン、ヘンリック・シッフェルト、カール・セーデシュトレム、マッツ・ストランドベリ、カロリン・ヤーゲルフェルト、ベッラ・ホーヴベリ、ミッラ・ヤーゲルフェルト・アルトゥル、シモーヌ・ヤーゲルフェルト・アルトゥル、レベッカ・オールンド、ペール・ノルマン、クララ・ストランドロース・ベルデーン、ミカエル・シェル、トム・スンマネン。そして、自殺防止《じさつぼうし》・遺族支援《いぞくしえん》全国協会《きょうかい》（ＳＰＥＳ）のカーリン・ヨハンソン。出版《しゅっぱん》元《もと》のソフィア・ハールとオリヴィア・デマント。グランド・エージェンシーのレーナ・シェーンストレムとロッタ・イエムトスヴェード・ミルベリ。

スタンダップ・コメディアンのミッチ・ヘードベリ、サーシャにジョークのネタを提供《ていきょう》してくれてありがとう。なかでもおもしろいネタがミッチのです。いまひとつなネタは、わたしが自分で考えたものです……

おかしな骨《ほね》

ずっとまえだけど、ママが言ってた。〈ファニー・ボーンズ〉を持ってる人たちがいる、って。ファニー・ボーンズっていうのは、おかしな骨《ほね》、っていう意味。骨《ほね》のなかまでおもしろいっていうか、体がおもしろさでできてるってことなんだと思う。そういう人は生まれつきおもしろいんだ、ってママは言ってた。どんなにつまんない冗談《じょうだん》を言っても笑《わら》いをとれる。冗談《じょうだん》じゃなくたっていいんだ。「牛乳《ぎゅうにゅう》取ってくれる?」とか言っただけで、みんなくすくす笑《わら》いだすの。言いかたがめっちゃおもしろいから。

で、ママによると、それとはまたべつの種類《しゅるい》の人たちが世のなかにはいる。努力《どりょく》すればおもしろくなれる人たち。笑《わら》えるネタをいろいろ集めて、冗談《じょうだん》のつくりかたみたいなのを研究して、ただただ練習、ひたすら練習。で、そうやって練習しながら、人が笑《わら》うのはどういうところか気づいて、それをもっとやろうって考える。

そして最後《さいご》に、どんなにがんばってもぜんぜんおもしろくない人たち、ってのもいる（うちのクラスの担任《たんにん》のセシリアは、このカテゴリーに入るな、たぶん）。

わたしはぜったい、おかしな骨《ほね》の持ち主になりたい。がんばらなくたっておもしろい人。教室で、すっと立ち上がって、こんなことを言っただけで――

「いやあ、このまえパパが美術館《びじゅつかん》に連《つ》れてってくれたんだけどさ、まあまあ楽しかったよ、鼻くそほじるのと同じくらいにはね」

それだけで、セシリアも、クラスメイトも、みんな――

「ギャーーハッハッハッハッハッハ！」

おなかをかかえて、ふたつ折《お》りになって笑《わら》うんだ、笑《わら》いすぎておなかが痛《いた》いから。で、そのあい間《ま》に、みんななんとか言葉をしぼりだす。

「はあ、やめてよ、サーシャ……もう無理《むり》！」

でもさ、ほんとはやめてほしくないんだよ。だからわたしはそのまま話をつづける。みんなにつられて自分も笑《わら》うなんてことはなくて、石像《せきぞう》みたいに眉《まゆ》ひとつ動かさないで、こう言うの。

「で、絵を見てたんだけど、それがさ、キャンバスの上でペンキの缶《かん》をうっかり倒《たお》しちゃったみたいな絵でさ。いやほんと、トイレ行こうとして缶《かん》をけとばしちゃった、みたいな絵なのよ！　なのにうちのパパったら、やたらとえらそうな声で、『この絵で画家が表現《ひょうげん》しているのは、いわば……人間であることのむずかしさだな』とか言うわけ。わたし言っちゃったよ。『ほんとにぃ？　画家であることがむずかしいんじゃないの？』

　すると、ドッカーン！

　クラスじゅうが大爆笑《だいばくしょう》！　みんな椅子《いす》からころげ落ちるんだ、セシリアもね。で、もうだれも話なんかできなくて、ただ床《ゆか》をころげまわって、ヒィヒィ悲鳴あげながら笑《わら》うの。

　でもまあ残念《ざんねん》だけど、わたしの骨《ほね》はたぶん、そんなにすっごくおかしくないと思う。生まれつきおもしろいわけではなさそう。で、なるべく前向きに考えればだけど、ぜんぜんおもしろくない三番めのグループでもないと思う。わたしがなにか言ったら人が笑《わら》うってことも、ちゃんとあるわけだし(どんなことなら笑《わら》いをとれるのか、これからこまかく研究するつもり)。わたしはたぶん、二番めのグループだ。なにはともあれ、努力《どりょく》すればおもしろくなれる人。けど、わたしはおかしな骨《ほね》がほしい。ぜったいそういう骨《ほね》の持ち主になってやる。生まれつきじゃなくたって、きっとなれるはず。これからわたしのいまいちな骨《ほね》を、ひとつずつ、おかしな骨《ほね》と取りかえていくんだ！　わたしに取《と》り柄《え》があるとしたら、それは、目標《もくひょう》に向かって一直線につきすすむことだから。まあ、パパにはよく、一直線につきすすむ方向がまちがってるって言われるけど。そもそも目標《もくひょう》がまちがってるんだ、学校の勉強をもっとがんばるべきだ、って。ほら、いまだって、キッチンをうろつきながらぼやいてる。地殻《ちかく》とか、地球のなかのこととか、まだまだちゃんと覚《おぼ》えてないじゃないか、って。でもさ、どうでもよくない？　地球のいろんな層《そう》の名前を知ってるかどうかに命がかかってる状況《じょうきょう》って、いまいち想像《そうぞう》つかないんだけど。それに、そんな状況《じょうきょう》になったらなったで、グーグル先生にきけばいいだけのことじゃん！

けど、わたしがおかしな骨《ほね》の持ち主になれるかどうかには、命がかかってる。おおげさに言ってるんじゃないよ。ほんとなんだから。おかしな骨《ほね》がないと死んじゃうの。

ピエロがデザインした地球

セシリアは教室の前のほう、教卓《きょうたく》のそばに立って、地殻《ちかく》の話をしてる。わたしってば、なんておもしろいこと話してるんだろうって、自分でびっくりしてるような声で。

「地殻《ちかく》の厚《あつ》さはね、薄《うす》くて五キロ、厚《あつ》ければ七十キロにもなるの！」

セシリアのそばに白いスクリーンがあって、地球の断面図《だんめんず》が映《うつ》ってる。中心にいちばん近いところに白い種《たね》みたいなのがあって、その上に、どぎついオレンジや赤の層《そう》がいくつも重なってる。で、いちばん上が地殻《ちかく》。この絵だと、地球はなんだかふざけた感じだ。カラフルなスーパーボールみたい。わたしたちみんな、ピエロがデザインしたといってもおかしくない星に住んでるんだと思うと、ちょっとおっかないよね。わたしはジョークのネタを考えた——「地殻《ちかく》って、殻《から》って字がつくからには、むけるんだよね？　卵《たまご》の殻《から》みたいに。茹《ゆ》でたらいいのかな？」うーん。いまいちかも。「エビの殻《から》みたいに。やっぱり、塩茹《しおゆ》で？」のほうがいいかな？

でも、あれはきらいな人もいるから、「ゲーッ！　やだー！」って言われちゃうかな。「ゲーッ」なんて、できれば言われたくはないもんね。

となりの席《せき》にはマッタがすわってて、セシリアが配ったプリントにらくがきしてる。マッタのあだ名は〈マッティ〉で、わたし以外《いがい》、ほぼみんなそう呼《よ》んでる。セシリアまであだ名で呼《よ》んでるんだ。でも、わたしはちゃんとマッタって呼《よ》ぶ。♥《ヤッタ》と音が似《に》てるから。わたしの知るかぎり、こんなにあったかいハートの持ち主はほかにいない。なに描《か》いてるのか見たくて顔を近づけたら、マッタの金色の巻《ま》き毛《げ》がわたしのほっぺをくすぐった。マッタは地球を、帽子《ぼうし》をかぶって口ひげを生やしたおじさんに変身《へんしん》させてた。小さな鎖《くさり》のついた、片方《かたほう》しかレンズのない丸メガネみたいなのをかけてる。これ、なんて言うんだっけ。モクロク？　マルノク？　モノクル？　モノクレ？　まあいいや、だいたいそんな感じ。おじさんの口からふきだしが出てて、〈内核《ないかく》そうり大臣《だいじん》〉って書いてある。ちょっとおもしろかったから、マッタの顔を見て笑《わら》ったら、マッタもくすくす笑《わら》った。マッタのくすくす笑《わら》いってかわいくて、赤ちゃんがくすぐられたときみたいな声なんだ。わたしはマッタにささやいた。

「いいこと思いついた！」

「へえ！　なに？」マッタがささやきかえしてくる。

「わたし、お笑《わら》い芸人《げいにん》になる。スタンダップ・コメディアンになるの！」

マッタは返事ができなかった。気がついたらセシリアが、わたしたちの机《つくえ》の前に立ってたから。

「ほらほら、ちゃんと聞きなさいね、サーシャ・レイン、マッティ・シェルド！」

わたしたちふたりとも、セシリアを見上げた。セシリアはちょっと間《ま》を置《お》いてから、こうつづけた。

「場所によっては、厚《あつ》みが**五キロしかない**こともあるの！　わたしたちの足から、マントルっていうものにたどりつくまで、たったの五キロ！」そう言ってるセシリアは、口を大きくあけて、大きなまんまるの目でわたしたちを見てて、なんだかテレビの子ども番組に出てくる人みたい。「サーシャ、マッティ、地殻《ちかく》の厚《あつ》さは何キロ？」

「五キロです」わたしたちはお利口《りこう》に口をそろえて言った。

まあ、先生が熱心《ねっしん》なのはいいことだよ。四年生のとき担任《たんにん》だったボッセは、椅子《いす》にすわったままあんまり動かなくて、不幸《ふしあわ》せそうな顔で電話をいじってばかりいる先生だった。ボッセにとって授業《じゅぎょう》っていうのは、適当《てきとう》なテーマの映画《えいが》なりテレビ番組なりを生徒《せいと》に見せて、自分は〈ちょっと書類《しょるい》を取りに行く〉とかなんとか言って教室を抜《ぬ》けだして、授業《じゅぎょう》が終わるまで帰ってこないことだった。そのボッセが去年の秋、病気で仕事を休まなきゃならなくなって、代わりに担任《たんにん》になったのがセシリアってわけ。わたしはこの先生、けっこう気に入ってる。セシリアがいっつもおんなじ服、白かグレーのTシャツにブルーのデニムを着てるのが気になる、って言う子もクラスにはいるけど(テューラのこと)。そのデニムがぴったりすぎる、って言ってる子もいる(これもテューラ)。口をあけてくちゃくちゃガムかんで、長い茶色の髪《かみ》をひっきりなしにいじりながら、テューラはよくこんなことを言うんだ――「てか、ちょうどいいサイズのパンツぐらい買えないかなあ。おなかの肉がはみ出てるのがかっこいいとでも思ってんのかね？」

言わせてもらうけど、セシリアがどんなパンツはいてるかなんてどうでもよくない？　おケツで授業《じゅぎょう》してるんじゃないんだからさ。

テューラはクラスメイトだけど、これってへんな言葉だよね。メイトは友だちって意味だけど、テューラは友だちなんかじゃない。これは知ってるから言うんだけど、同じこと思ってる子はたくさんいるよ。でも、じゃあ、なんて言ったらいいのかな？　クラス敵《てき》？　うーん、そこまで言うのはちょっとちがう気がする。友だちでも敵《てき》でもない言葉を見つけなきゃ！　クラス物《ぶつ》？　クラス者？　クラス人《びと》？　テューラはわたしのクラス人《びと》です。いまいちぱっとしないけど、まあとりあえず、これでいいか。

話をもどそう。パパに言わせると、セシリアは〈安定感がある〉。そして、なにはともあれ、クラスを静《しず》かにさせておくことができる。それって、言っちゃなんだけど、ボッセの得意分野《とくいぶんや》ではなかったからね。

セシリアが指《さ》し棒《ぼう》でスクリーンをぴしゃりとたたいたもんだから、地球がぼわぼわ揺《ゆ》れた。

ニッセがびくっとする。

「五キロって、どのくらいの長さかわかる？」

セシリアはそう言うと、答えを待たずにつづけた。

「五キロ、つまり**五千メートル**っていうのはね、だいたいここから**フルーエンゲン**までの距《きょ》離《り》なのよ！」

フルーエンゲンってどこらへんなのか、いまいちよくわかんないけど、まあいいや。わたしのクラスメイトたち、ちがった、クラス人たちは、催眠術《さいみんじゅつ》にでもかかったみたいにセシリアを見つめてる。セシリアにはそういう力があるんだ。

「マントルの温度は**何千度も**あります！　なんと、この下、わたしたちの足のちょっと下に、何千度にもなる熱《あつ》いどろどろのかたまりがあるってわけ！」

セシリアがクロックスをはいた足で、床《ゆか》をどすどす踏《ふ》み鳴《な》らして、クラス全員がベージュのビニール床《ゆか》を見下ろした。

「さて、ニッセ、マントルの温度はどれくらい？」

セシリアが指《さ》し棒《ぼう》をニッセに向ける。フェンシングで決闘《けっとう》を申しこんでるみたい。でもニッセは剣《けん》を持ってない。どうやら答えも持ってない。

「えっと……すごく熱《あつ》い、かな？」ニッセが自信《じしん》なさげに言う。

「そのとおり！　**何千度も**あるの」

セシリアがちょっと地球のほうを向いたすきに、マッタが紙切れをよこしてきた。にっこり笑顔《えがお》の絵といっしょに、〈サーシャなら最高《さいこう》のコメディアンになれるよ〉って書いてある。うれしい。マッタの言うとおりだといいな。

わたしはぼんやりと窓《まど》の外の木をながめた。葉っぱのない細い枝《えだ》に、うっすら雪が積《つ》もってる。地殻《ちかく》がどうとか、そんなどうでもいいこと考えてるひまなんかない。おかしな骨《ほね》を手に入れたかったら、集中しないと。しっかり計画をたてて努力《どりょく》しないと。さて、〈おもしろい〉って、どういうことだろう？　ジョークのネタを思いつくためには、たぶん、おもしろいことについていろいろ書きだしてみるのがいいんだと思う。そこから自由に考えをめぐらせるの。

地球の断面図《だんめんず》が描《か》いてあるプリントを、じっと見つめて、裏返《うらがえ》した。そして、書いた。

おもしろいこと／むかつくこと

マッタがこのまえ、ロブスターって人なつっこいんだって、かわいいよね、ふわふわだし、って言ってて、「え、はあ？」って思ったけど、よくよく聞いてみたらハムスターのことだった。

イヤホンのコードがからまる。

映画《えいが》見ながら、ずっとしゃべってる人。「あの人だれ？　あの子なにしてんの？　どこ行くのかな？」もう、うるさいよ！　見てればわかるって！

ＳＮＳでみんながやってること、ぜんぶ。たとえば、自分のすっごくいい写真をアップして、あたしってまじブス、とか書くんだけど、ほんとはほめてもらえることを期待してる（テューラ）。それとか、＃つける必要《ひつよう》ないところに＃やたらと＃ハッシュタグを＃つける。それとか、いわゆる〈深い〉感じがすることを書く。たとえば「悲しくてたまらない。この気持ち……きっとだれにもわからない」。で、みんな「ちょっと、どうしたの⁉」とかってコメントするんだけど、そうすると「なんでもない。話したくない」って。あっそ！じゃあ最初《さいしょ》から話さなきゃいいじゃん！（だからわたしはＳＮＳ、ぜんぶやめた。ユーチューブだけはやってるけど。スタンダップ・コメディの動画を見なきゃならないから。）

パパが部屋に入ってきて、なんか言って、こっちが「はいはい、わかったわかった」とかって返事すると、パパは出ていくんだけど、そのときにドア閉《し》めてくれないから、「ドア閉《し》めて！」って叫《さけ》ばなきゃならない。そうするとパパはもどってくるけど、ドアをちょこっと押《お》すだけで、ちゃんと閉《し》めてはくれなくて、「もおおおお！　聞こえなかった!?」ってなる。

ママが

そう書いたところで、わたしは手を止めた。紙からペンを離《はな》す。書こうと思ったのは――〈ママがきげん悪くて、ドイツ語で話してって言ってきて、こっちがドイツ語で話さないと返事もしてくれないとき〉。

そう書くつもりだった。でも、書かなかった。だって、それでむかつくことは、もう二度とないから。ママにまたむかつけたらどんなにいいだろう。心がちぎれそうなくらいの強さでそう思う。ドイツ語は苦手だけど、ずっとドイツ語を話してもいい。ドイツ語しか使わなくたっていい。それでママがもどってくるなら。*Ich《イッヒ》 würde《ヴュルデ》 immer《イマー》 Deutsch《ドイチュ》 sprechen《シュプレヒエン》.* わたし、ずうっとドイツ語を話す。

ママが死んだのを、一瞬《いっしゅん》忘《わす》れてることがときどきある。いまみたいに。〈ママが〉って書きはじめてから手を止めるまでの、ほんの数秒のあいだ。

もちろん、ずっとずっとママのことばっかり考えてるわけじゃないのは、いいことだと思う。けど、そのあとに思いだすと、胸《むね》のなかに暗闇《くらやみ》が広がる。底《そこ》なしの穴《あな》みたいな暗闇《くらやみ》が、ぜんぶの方角へ果《は》てしなく広がっていく。それで、心のかけらがその穴《あな》に落ちていくような気がする。落ちていって、消えてしまう。取りもどせるのかどうかわからない。心がまた、もとの形になることがあるのかどうか。

わたしは書いた文字を消した。〈ママが〉を消した。力が入りすぎて紙に穴《あな》があいた。

ウサギをナデナデする技《わざ》

わたしはアスプウッデン公園を通りぬけて下校した。いつもマッタといっしょに帰ってるけど、火曜日だけはちがう。マッタはなんと、バンジョーを習いに行ってるの。バンジョーだよ。この宇宙《うちゅう》に存在《そんざい》する、ありとあらゆる楽器《がっき》のなかから、マッタはよりによってバンジョーを選《えら》んだわけ。まあ、わたしがどうこう言うことじゃないけどさ。マッタはまえに一度、弟よりバンジョーのほうがだいじって言ってたけど、それはさすがにないと思う。あれはちょうど、〈バンジョー・ショック〉ってマッタがいつも言ってる、弟がバンジョーにピーナッツバターを塗《ぬ》りたくった事件《じけん》のあとだったたし。それでちょっと頭にきてたんじゃないかな。あれからマッタは弟のことを〈バンジョー・キラー〉って呼《よ》んでるし。

マッタがバンジョーをしまうケースは黒くてつやつやで、留《と》め金《がね》は金色、なかに張《は》ってある生地《きじ》は緑のベルベットだ。王さまの冠《かんむり》だって、あんなすてきなケースには入ってないと思う。

空気が澄《す》んでて冷《つめ》たい。太陽がかなり低《ひく》いところにあるから、黄色がかった光が目に入ってきてまぶしい。どの木にもまだ葉っぱがなくて、あちこちに雪がたっぷり残《のこ》ってる。わたしはいつも時間があると、公園のウサギにあいさつしていく。動物をなでてかわいがると、すっごくうれしくなるし、気持ちが落ちついて、心がやわらかくなる感じがするんだ。いや、どんな動物でもいいわけじゃないよ。ワニとか毒《どく》サソリとかをナデナデして、うれしくなったり心が落ちついたりすることはないと思う。言いたいことはわかるでしょ。

ウサギの囲《かこ》いは四つあって、それぞれのなかで四匹《ひき》ずつが暮《く》らしてる。そのなかに、信《しん》じられないくらいかわいくて人なつっこい子がいて、わたしはその子をクッキー&クリームって呼《よ》んでる。ほんとはピスタチオって名前らしいけど、どうしてそんな名前にしたんだか。ピスタチオって緑じゃない？　クッキー&クリームはぜんぜん緑じゃないよ。大きなクッキーのかけらがごろごろ入ってる、ふわっとしたクリーミーなバニラアイスでできてるみたいに見えるんだ。しかも超《ちょう》かわいいのがね、クッキー&クリームは半分〈おひつじウサギ〉っていう垂《た》れ耳の品種《ひんしゅ》で、もう半分はなんかべつの品種《ひんしゅ》、ゴットランドウサギだったかな、とにかく耳が立ってる種類《しゅるい》なのね。だから、片耳《かたみみ》はヒツジの角《つの》みたいに下に垂《た》れてて、もう片方《かたほう》はぴんと立ってるわけ！　ちょっとわたしと似《に》てる。だって、わたしもある意味、半分〈おひつじ〉だもん。おひつじ座《ざ》が始まる三月二十一日の三分まえに生まれたから、ぎりぎりうお座《ざ》なの。でも、さいわい、わたしの耳は垂《た》れてもいなければ立ってもいない。まあ、ごくふつうの人間の耳と言っていいと思う。

囲《かこ》いに近づくと、すぐにクッキー&クリームの姿《すがた》が見えた。地面に伏《ふ》せて、かぼそい藁《わら》をもぐもぐ食べてる。いかにもウサギらしい、ぷっくり白いほっぺが、すごい勢《いきお》いで動いてる。あの子には、だれかさんのパパみたいに、ゆーーーっくり食べなさい、なんて言ってくるパパはいないんだろうね(注：わたしのパパのことだけど)。

「クッキー&クリーム！」そう呼《よ》ぶと、クッキー&クリームはかむのをやめて顔を上げて、わたしのほうを見た。これはわたしの思いこみかもしれないけど、わたしが〈クッキー&クリーム〉って声をかけるたびに、あの子、ありがたそうな顔をしてる気がするんだよね。〈やっとだよ！　やっとわかってもらえたよ、あたしは緑じゃないってことが！〉みたいな。

わたしはフェンスをのりこえて、クッキー&クリームから五十センチぐらい離《はな》れたところにしゃがんだ。ほかのウサギたちは落ちつきをなくして、平らな岩の上をぴょんぴょん逃《に》げていっちゃったけど、クッキー&クリームはちがう。その場でじっとしたまま、藁《わら》をもぐもぐかみつづけてる。藁《わら》が一センチずつ口のなかに消えていく。なにかのにおいを嗅《か》いでるみたいに、薄《うす》いピンクの鼻がひくひく動く。わたしは手袋《てぶくろ》をはずして、そろりと手を伸《の》ばした。クッキー&クリームはまるで犬みたいに、その手のにおいをくんくん嗅《か》いだ。わたしはクッキーのかけらみたいなぶち模様《もよう》のついた毛を、そうっとなでた。信《しん》じられないくらいやわらかくてふわふわだ。マッタのバンジョーケースの内側《うちがわ》よりやわらかい。たいていの人は、どういうふうにウサギをなでるのがいいか知らないから、ウサギが怖《こわ》がって逃《に》げちゃうことが多い。秘訣《ひけつ》はね、あんまり急に動かないことと、手をすっごく、すっごく慎重《しんちょう》に動かすことだよ。ウサギって、自分はすごい勢《いきお》いで動くくせに、ほかのだれかがすばやく動くのは好《す》きじゃないんだ。わたしはゆっくり手を伸《の》ばして、藁《わら》を一本取ると、クッキー&クリームにさしだした。

「ほら、おいで」

するとクッキー&クリームは、ぴょん、ぴょんと近寄《ちかよ》ってきて、わたしの脚《あし》のすぐそばにすわった。かわいく二回飛《と》びはねたから、小さい綿《わた》のかたまりみたいなしっぽが、ひょい、ひょいって持ち上がった。わたしは地面に手をついて、ゆっくり、ゆっくりすわってあぐらをかいた。地面の冷《つめ》たさがデニム越《ご》しに伝《つた》わってきたし、そこに雪があるのもわかって、濡《ぬ》れちゃうとは思ったけど、そんなことはもうどうでもよかった。クッキー&クリームが、わたしのふくらはぎに寄《よ》りそって、そのぽっちゃりした小さな体であたためてくれる。この子は、わたしの友だち。マッタにすら話してないことを、この子にはうちあけてきた。いくら親友でも、わかってもらえないことってあるから。そりゃクッキー&クリームがどこまでわかってくれてるかっていったら、まあ疑問《ぎもん》だけどさ。でもこの子、話を聞くことにかけては世界一だ。こんなに大きくて長い耳があるからかな？　わたしはクッキー&クリームを何度も、何度もなでた。パパがたまに言うんだ、動物っていいよなあ、起きてしまったことをくよくよ考えたり、未来《みらい》の心配をしたりしなくていいんだから、って。でもさ、ほんとにそうだって保証《ほしょう》ある？　クッキー&クリームだって、友だちのヘーゼルが最近《さいきん》カシューとばっかり仲良《なかよ》くしてる、お昼ごはんのあとはだれといっしょに跳《と》びまわったらいいんだろうって、真剣《しんけん》に悩《なや》んでるかもしれないじゃん。

クッキー&クリームのママも、まえにアスプウッデン公園で暮《く》らしてたらしい。ここで働《はたら》いてる人に教えてもらった。けど、おとしのある朝、いきなり死んじゃって地面に倒《たお》れてるのが見つかった。どうして死んだのかはよくわからないんだって。どこも悪くなくて元気だったし、年もとってなかった。たぶん、なにかおそろしいものを見て、怖《こわ》さのあまり死んじゃったんだろうっていう話だった。たとえば、ウサギを食べちゃう動物とか。その動物になにかされたわけじゃないんだよ、けがもしてなかったし。ただ、そいつを見て、あまりに怖《こわ》くて心臓《しんぞう》が止まっちゃったんだろうって。ときどき思うんだけど、わたしのママも同じで、怖《こわ》さのあまり死んじゃったんじゃないかな。人を食べる動物が怖《こわ》かったわけじゃなくて。なんていうか、人生そのものが怖《こわ》くて。

クッキー&クリームの小さな心臓《しんぞう》がとくとく言ってるのが、ふわふわの体越《ご》しに伝《つた》わってくる。すっごく速い鼓動《こどう》。この心臓《しんぞう》にはずっと、永遠《えいえん》に動いていてほしい。

わたしはいつものように、クッキー&クリームのぴんと立ってるほうの耳にささやきかけた。

「ねえ、クッキー。つぎに会うときも生きてるって約束《やくそく》して。約束《やくそく》できるよね？」

ところが、クッキー&クリームはいきなりぴょんと逃《に》げて、ほかのウサギが身を寄《よ》せあってる木の小屋に行ってしまった。

わたしがばっと勢《いきお》いよく立ち上がると、ウサギたちがみんなそわそわしはじめた。小さな小屋のなかを走りまわって、ぶつかりあってる。

「約束《やくそく》して！　おねがい！」

クッキーはわたしのほうを見てもいない。おしりをこっちに向けてるから、ふわふわの小さいしっぽが見える。約束《やくそく》なんかしなくていいと思ってるみたい。

わたしは人差《ひとさ》し指《ゆび》で雪に書いた。

これって
手のひらで文字を消す。雪は平らになった。また書く。

やっぱり
また消して、書く。

わたしの

消して、書く。

せい？

わたしはぜんぶ消して、立ち上がった。歩きだしたあとは、もう振《ふ》りかえらなかった。

リスト

わたしの作戦《さくせん》は単純《たんじゅん》で、ややこしいところはなにもない。ママは人生に失敗《しっぱい》した。で、死んだ。その理由はたくさんある。わたしは人生に成功《せいこう》したい。そのためには、ママと同じことをしないのがいいと思う。ママの失敗《しっぱい》から学んで、逆《ぎゃく》のことをするの。というわけで、だいじなポイントを七つ、書きだしてリストにしてみた。わたしがかかえてる問題の解決策《かいけつさく》。この七項目《こうもく》を、小さな、小さな文字で紙に書いた。で、その紙を、大きなダース・ベイダーの目覚《めざ》まし時計のなか、電池を入れるところに隠《かく》した。

死なないために、気をつけなきゃいけないこと。

わたしとママはよく似《に》てるって、みんなにいつも言われる。ちがう。似《に》てた、だ。みんな、それでわたしが喜《よろこ》ぶと思ってるのかな？　顔を変《か》えるのはむずかしい。手術《しゅじゅつ》するなんて言ったら、きっとパパが大反対する。それでも、なんとかしたい。ママもわたしと同じで、髪《かみ》が茶色くて長い。じゃなくて、長かった。（まったくもう。過去形《かこけい》だってば！　いいかげん覚《おぼ》えたら？）

１．髪《かみ》をばっさり切る。

ママは子ども（わたし）の面倒《めんどう》をみようとした。でも、うまくいかなかった。

２．生きものの面倒《めんどう》をみようとしない。

ママはありえないくらいたくさん本を読んでた。リビングにはいつだって本が山積《やまづ》みだったし、ベッドの脇《わき》にも本が積《つ》んであった。それでママは幸せになった？　ならなかった。他人の不幸《ふこう》に深入《ふかい》りしただけだった。ほんとにいるわけでもない人たちの不幸《ふこう》に！

３．本を読まない。

ママはいつも黒い服ばっかり着てた。ね、聞いただけでわかるでしょ。そんなんで、だれが幸せになれると思う？

4．着るのはカラフルな服だけ。

ママはいつだって、いろんなことを考えすぎてた。あんなこと言うんじゃなかった、あんなことするんじゃなかった。昔はこうだった、ああだった。人がどう思ってるかも、すごく気にしてた。

5．考えすぎない（できればなにも考えない）。

ママはよく、森を長いこと散歩《さんぽ》してた。何時間も歩きまわりながら、考えごとにふけってることもあった。

6．散歩《さんぽ》を避《さ》ける。森を避《さ》ける。

そして、いちばんだいじなこと。ママはうつ病になって、いつ見てもずっと泣《な》いてた。人を泣《な》かせた。もう生きてもいないくせに、いまだに人を泣《な》かせてる。ときどき、パパがシャワーを浴《あ》びながら泣《な》いてるのが聞こえる。聞こえてないと思ってるんだろうけど、聞こえてる。だから、わたしはぜったい泣《な》かない。ぜったいに。人を泣《な》かせるつもりもない。代わりに、笑《わら》わせてあげる。それがわたしの使命！

7. お笑《わら》いの女王、コメディ・クイーンになる！

真っ赤なメタリックソーセージに頭の皮をはがれる

うちのアパートの玄関《げんかん》は、開けるときにコツがいる。ドアを力いっぱい押《お》しながら、取っ手をぐいっと上に押《お》し上《あ》げて、その状態《じょうたい》で鍵《かぎ》をまわす。三回めでやっと開くこともある。きょうはとにかく早くなかに入りたくて、ちょっと強すぎるぐらいにドアを押《お》して腰《こし》を打ちつけてしまった。痛《いた》くてうめき声がもれる。

「サーシャんちのドアってさあ……」ちょうど階段《かいだん》を上がってきたマッタが、うしろで息を切らしながら言った。

学校から全速力で自転車こいできたからね、ふたりとも息が上がってるわけ。〈ところで〈息が上がってる〉だけどさ。へんな言葉だよね。息はもちろんわかるけど、〈上がってる〉ってなに？　これ、ネタにならないかな？〉

「もおお、わかってるって」わたしはアイスホッケーの選手《せんしゅ》みたいなタックルを、またひとつ、ドアにかました。

それでようやく鍵《かぎ》がまわって、ドアが開いた。この調子じゃ、いつかきっと腰《こし》の骨《ほね》にひびが入るな。どうしてそんなことになったのか、救急車《きゅうきゅうしゃ》の人になんて説明《せつめい》したらいいんだろうね。

「えっと……なんていうか、ドアを開けようとしただけなんです」とか言うの？

なかに入ると、ふたりともジャケットをぬいでフックにかけて、自転車のヘルメットを床《ゆか》に放《ほう》った。マッタはヘルメットの下にキャップをかぶってる。外はマイナス五度なのに、毛糸の帽子《ぼうし》はぜったいにかぶらなくて、キャップだけ。〈OBEY《オベイ》〉ってブランドのロゴが入ってて、つばのところがヒョウ柄《がら》になってるやつ。目が隠《かく》れそうなくらい深くかぶってるせいで、寒くて真っ赤になった耳が横につきだして見える。マッタはこのキャップをめちゃくちゃ気に入ってるの。なにも言われなければ、ずうっとかぶってるだろうけど、授業《じゅぎょう》のときはとりなさいってセシリアに注意される。授業《じゅぎょう》はだいたいいつも、セシリアのこのセリフで始まるんだ。

「はい、マッティ、帽子《ぼうし》とりなさいね」

マッタは毎回、むすっとした顔になる。けど、ちゃんととる。セシリアに口答えしたって意味ないもん。ボッセが担任《たんにん》だったころは、とらなくてもよかった。あんまりいいところのないボッセだけど、これはよかったね。中世の騎士《きし》みたいな鎧《よろい》を着て学校に行ったって、ボッセはたぶんなにも気づかなかったと思う。

わたしは、ポン、と手をたたいた。

「準備《じゅんび》はいい？」

「うん！　そっちは？」ってマッタは言ったけど、〈うそちゃ？〉みたいに聞こえた。マッタはいつもすっごい早口で、勢《いきお》いよくしゃべるんだ。

「どんと来いだよ！」

わたしは時計を見た。パパが帰ってくるまで、あと二時間。ちょうどいい。狭《せま》いバスルームに入る。ふたり同時に入れるか入れないかってくらい狭《せま》い。マッタがうっかり歯ブラシを入れてあるコップを倒《たお》しちゃって、歯ブラシが洗面台《せんめんだい》に落ちた。

歯ブラシ、二本しかない
コップって言ったけど、割《わ》れものじゃなくて、オレンジのプラスティックでできてるやつ。軽くて不安定《ふあんてい》なもんだから、一日に五回は倒《たお》れる。だからわたしは、歯ブラシわざわざ拾わなくていいよ、ってマッタに言った。バリカンを探《さが》して戸棚《とだな》やひきだしを開けたけど、そこにはなくて、洗面台《せんめんだい》の下のかごのなかに入ってた。赤いメタリックのバリカンで、けっこうほこりまみれで、くしのところに茶色の短い髪《かみ》がついてる。わたしは、ふっと息を吹《ふ》きかけてそれを飛《と》ばした。パパが頭を剃《そ》ったのは、もうずいぶんまえのことだ。

首のうしろを剃《そ》るのを手伝《てつだ》ってあげる人が、もういないからバリカンにつけるくしが三種類《しゅるい》見つかった。ということはつまり、頭をつるつるに剃《そ》るだけじゃなくて、三種類《しゅるい》の長さを選《えら》べるわけ。三ミリくらいか、一センチくらいか、二・五センチくらいか。

「やっぱ、いちばん長いやつがいいかな」とわたしは言って、二・五センチのくしをバリカンに取りつけた。

それからバリカンをマッタに渡《わた》すと、マッタは鏡《かがみ》の上のコンセントにプラグをさした。

「ほんとにいいの？」マッタは夕方の空みたいに青くてやさしい眼《め》で、わたしをじっと見た。「こんなきれいな髪《かみ》なのに！」

マッタがわたしの髪《かみ》に指を通す。ていうか、通そうとした。けど、あっという間《ま》にひっかかった。わたしの髪《かみ》って、毛糸の帽子《ぼうし》とかヘルメットとか汗《あせ》とかで、すぐもじゃもじゃになってからまるので有名なわけ。

でも、もうすぐ、このもじゃもじゃの髪《かみ》も過去《かこ》のものとなるのである。

「好《す》きならあげるよ」わたしは気前よく言った。

マッタがくすっと笑《わら》う。いまのはおもしろかったんだな、とわたしは頭のなかにメモした。これ、ネタになるかな？

リストのことはだれにも話してない。マッタにも、だれにも。この髪《かみ》の毛《け》にうんざりしたから剃《そ》るってことにしてる。わたしはトイレの便座《べんざ》のふたにすわった。マッタがバリカンのスイッチを入れる。バリカンがブーンと音をたてて震《ふる》えだした。マッタがわたしの前に立って言う。

「よし、いくよ！」

バリカンがわたしの顔に、おでこに近づいてくる。マッタはわたしの頭の地肌《じはだ》にバリカンをそっと、でもためらわずに押《お》しつけると、そのまま頭に沿《そ》ってうしろへ動かした。自分の髪《かみ》の毛《け》が、いくつもの小さな房《ふさ》になって、ぱらぱら落ちていくのがわかる。そのときにほっぺたや耳、首をかすめていくのが、さらっとなでられたみたいな感触《かんしょく》だった。こげ茶色の長い髪《かみ》の房《ふさ》が肩《かた》にのっかってるのが、視界《しかい》のはしっこに見える。マッタは真剣《しんけん》な顔でバリカンをかまえて、わたしの頭をまたなぞりはじめた。こんどは、こめかみから耳のうしろへ。

ガシャン！

うわっ、てマッタが叫《さけ》んだ瞬間《しゅんかん》、耳の上のあたりが燃《も》えてるみたいに痛《いた》くなった。髪《かみ》がぐいぐい引っぱられてる。

「ひっかかった！」マッタが大声で叫《さけ》ぶ。

「**うげーーーっ！**」

スイッチが入ったままのバリカンをつかもうとすると、マッタがとっさにわたしの手を払《はら》いのけた。

「どうしたらいいの!?」

「スイッチ切って!!」

ブーンっていう音がやんで、静《しず》かになった。怖《こわ》いくらい静《しず》かになった。マッタの息づかいが焦《あせ》りまくってる。髪《かみ》の毛《け》にひっかかった機械《きかい》をなんとかはずそうとしてるのが、感触《かんしょく》でわかるけど、やればやるほどからまっていくみたい。なにこれ、めちゃくちゃ痛《いた》いんだけど!

「ごめん、ごめん、ごめん、サーシャごめん!」

「いや、でも、マッタは悪くないよ!」

「それでも! ごめん!」

マッタがあちこちの髪《かみ》の房《ふさ》を引っぱって、どんどん余裕《よゆう》をなくしていく。なにこれ、髪《かみ》の毛《け》を根こそぎ引きぬこうとしてる?

「やっぱ無理《むり》! どうしたらはずせるかわかんない!」

「どうなってるわけ?」わたしはバリカンを頭からぶらさげたまま立ち上がった。こんなものが髪《かみ》の毛《け》にくっついてると、引っぱられっぱなしで痛《いた》くて、しかめつらになってしまう。

そうして鏡《かがみ》で自分の姿《すがた》を見たわたしは、思わず悲鳴をあげた。頭のまんなかはうまく剃《そ》れて、前髪《まえがみ》から後頭部に向かって幅《はば》四センチの溝《みぞ》ができてる。そこの髪《かみ》の毛《け》の長さは二、三センチ。そのあとにマッタは、それよりも短い溝《みぞ》を、こめかみから耳の上に向かって入れてた。そこでバリカンがひっかかったってわけ。赤いメタリックの極太《ごくぶと》ソーセージみたいなのがぶらさがってる。これはもう、頭がおかしくなったようにしか見えない。

「あわてるなあわてるな！」マッタが大あわてで叫《さけ》ぶ。

「**うぎゃあああぁ！**」

「ほら深呼吸《しんこきゅう》なんとかなる！」マッタは一気に言ったけど、本気でなんとかなるとは思ってなさそうに聞こえた。

「どうすんの？　どうすんのこれ⁉」

「わかんない！　ごめんって！」

「ごめんって言うのやめて！」

「ごめん！　もうやめる！　ごめん！」

そのとき、ドンッて音がした。だれかが玄関《げんかん》のドアに腰《こし》を打ちつけて押《お》してる音。カチャリと鍵《かぎ》がまわる。わたしはマッタを見た。目がまんまるになってて、マンガのキャラクターみたい。マッタははっと両手を口にあてて、小声で言った。

「もうだめだ、死ぬ」

「ただいま！」パパが玄関《げんかん》から呼《よ》びかけてきて、バタンとドアを閉《し》めた。

わたしとマッタは恐怖《きょうふ》で黙《だま》りこんだまま、じっと見つめあった。パパの足音が近づいてくる。

わたしはろくに考える間《ま》もなくバスタブに飛《と》びこんで、シャワーカーテンを閉《し》めた。

「おお、マッティ、来てたのか！」パパがバスルームのドアから、ひょいっと顔を出す。

「こんにちは」

「なにしてるんだ？」パパはなにやら怪《あや》しんでるような声になった。

マッタを見て、なんかおかしいって気づいたんだろう。マッタは答えない。わたしはなるべく静《しず》かに息をした。重いのがぶらさがってると髪《かみ》の根元が痛《いた》いから、バリカンを手に持って。

「かくれんぼでもしてるのか？」パパはそう言うと、いきなりシャワーカーテンを開けた。

わたしは飛《と》び上《あ》がった。

「**サーシャ！**」パパがわたしを見て叫《さけ》ぶ。

いつもの緑のもこもこジャケットを着たままで、ほっぺたが寒さで赤くなってる。

「おかえり」わたしはまぬけに手を振《ふ》ってみせた。

パパの視線《しせん》がわたしからマッタに飛《と》んで、そこから床《ゆか》に落ちてる髪《かみ》の毛《け》に行って、わたしの頭にひっかかってるバリカンにもどってきたのがわかった。

「こんなところで、なにしてるんだ？　どうして……おれのバリカン？　いったいいなにを、やらかした？」

「こんなところでなにしてるんだって、こっちがききたいよ。五時まで帰ってこないって言ってたじゃん！」わたしはむすっとして言うと、立ち上がって、バスタブから出た。

とはいえ、片方《かたほう》の手にバリカンを持ったままだったから、優雅《ゆうが》にすうっとお出ましとはいかなくて、よろけてマッタに正面衝突《しょうとつ》した。バリカンがマッタの頭にガツンとぶつかる。マッタがうめいた。

「ええっ？　五時なんて言ってないだろ？　SMSには十五時って書いたよ」

ああ、十五時。まったくもう。二十四時間制《せい》で言われると、いまだに頭がこんがらがる。

「いやいや、そんなことはどうでもいい！」パパが言う。「いったいなにをやったんだ、その頭！」

「髪《かみ》を切るつもりだったんだけど、ちょっと失敗《しっぱい》したの。パパのバリカン、不良品《ふりょうひん》だよ」

パパはすっかり曇《くも》ってしまったメガネをはずした。それから目をつぶって、鼻の始まるあたり、いちばん上のほうを、親指と人差《ひとさ》し指《ゆび》でつまんだ。

「サーシャ。その機械《きかい》はね、髪《かみ》の短い人が使うもんだよ！」

「わかってるよ、わたしも髪《かみ》を短くするの！」

「髪《かみ》が短くないと、それは使えないんだ！」

「なにそれ、髪《かみ》が短くないと髪《かみ》を短くできないってこと？　悪いけどそんなめちゃくちゃな話、はじめて聞いたよ。史上最低《しじょうさいてい》の発明品だね。だって、それって……えっと……」

あたりを見まわすと、洗面台《せんめんだい》に落ちた歯ブラシが目に入った。わたしは自分の歯ブラシをつかんで、パパの目の前にぐいっとつきだした。

「〈だめだめ、きみ、この歯ブラシで歯は磨《みが》けないよ、先に歯がきれいになってないと使えないんだ〉って言ってるのと同じじゃん。それか……それか……〈いや、このマニキュアはさ、マニキュア塗《ぬ》ったあとじゃないと使えないわけ。わかるでしょ？〉みたいな。このバリカン、ほんと使えない。返品したほうがいいんじゃないの？」

「どっちにしたって、これじゃ返品もできないだろ」パパは疲《つか》れた声になった。「おまえがくっついちまってるんだから」

パパはわたしの手から歯ブラシを取り上げると、自分の歯ブラシとコップも洗面台《せんめんだい》から拾い上げた。わたしはくすっと笑《わら》った。そしたら、マッタもくすっと笑《わら》った。で、パパのめっちゃふきげんな顔を見て、わたしは笑《わら》いだした。マッタも笑《わら》ってる。手で隠《かく》そうとしてるけど、笑《わら》いをこらえてるせいでほっぺがピンクになってるのが見える。パパはマッタを見て、わたしを見て、やれやれって頭を振《ふ》って、玄関《げんかん》のほうへ歩いていった。その瞬間《しゅんかん》、わたしとマッタは同時に、なにかが破裂《はれつ》したみたいに、猛烈《もうれつ》な勢《いきお》いで笑《わら》いだした。トイレのふたにすわったわたしは、体じゅうががくがく震《ふる》えるほど笑《わら》ってて、息が切れてきて、頭にくっついたバリカンがぼんぼんはずんだ。マッタも笑《わら》いすぎて、前かがみになってしゃがまずにはいられなくなった。そうして笑《わら》ってると、まるで時間が止まったみたいだった。ほかのなにもかもが消えて、世界はここだけ、わたしたちだけ。ずっとこうだったらいいのに。

そのとき、外でパパが咳《せき》をしてるのが聞こえた。マッタはまだくすくす笑《わら》ってたけど、わたしの笑《わら》いはたちまち止まった。だれかがスイッチを切ったみたいに。わたしがいないときに、パパはときどきタバコを吸《す》ってるんだけど、わたしはそれがいやでしかたがない。親が死ぬのはひとりでじゅうぶん。このうえパパに、がんにでもなられたらたまんない。パパはバスルームにもどってくると、何度か咳《せき》をしてから、疲《つか》れた顔でにっこり笑《わら》った。でも、わたしは笑《わら》いかえさなかった。

「サーシャ、おまえのこと、どうしたらいいんだろう？　どうしてこんなことしたんだ？　言ってくれれば美容院《びよういん》に行かせてやったのに」

わたしは肩《かた》をすくめた。

「だって、パパ、だめって言うから。わかってるもん。それに、こうするほうが簡単《かんたん》だと思ったの。美容院《びよういん》行くのと変《か》わんないだろうって」

パパはやれやれと天をあおいで、マッタのほうを見た。金髪《きんぱつ》の巻《ま》き毛《げ》がふさふさに生えてるマッタは、ちょっと申しわけなさそうな顔をしてる。その髪《かみ》は、まだとっても長い。そして、なにより——しっかり長さがそろってる。

「たしかにな、うまく切れたな」パパが皮肉をこめて言う。「美容院《びよういん》に行くのと変《か》わんないよ、ほんと」

パパはキッチンからはさみを取ってくると、髪《かみ》を切ってバリカンをはずしてくれて、わたしはすごくほっとした。それからパパはため息をついて、キッチンへもどっていった。

鏡《かがみ》に映《うつ》った自分と目が合う。短い髪《かみ》の房《ふさ》がつんつん立ってる。耳のうしろの髪《かみ》はすごく短くて、地肌《じはだ》が見えるほどで、しかもその地肌《じはだ》はいまやショッキングピンクだ。反対側《はんたいがわ》の髪《かみ》は、まだ肩《かた》までちゃんと長さがあった。

「ユニークな髪型《かみがた》じゃん！」はげまそうとしてマッタが言う。

「まあね」わたしは鏡《かがみ》のなかの自分をじっと見つめた。「サイコパスっぽいけど」

「また伸《の》びるって！」

「そりゃそうだけど」

「髪《かみ》はさ、ただの髪《かみ》だよ」マッタはそう言いながらも、申しわけなさそうな顔をしてる。

「うん」

「毛根《もうこん》はこれからずっと、サーシャのために新しい髪《かみ》をつくるのが生きがいになるからね。そう思ったらいいよ」マッタが真剣《しんけん》な声で言う。

「うん」

「もっとひどいことになる可能性《かのうせい》もあったわけだし」

「え、もっと⁉　これ以上《いじょう》どうしたら、もっとひどくなるの？」

「えっと……そうだな、たとえば……ドナルド・トランプみたいな髪《かみ》になっちゃうとか？」

しばらく考えてたら、世にもおそろしい映像《えいぞう》が頭にうかんだ。まあ、あの人のひどいところは、髪《かみ》以外《いがい》にもいろいろありそうだけど。

「たしかにね。さて、終わらせようか」とわたしは言った。

「なに言ってんの？　やだよ。そのバリカン、サーシャの頭の皮をはぐところだったじゃん」

「ええっ、じゃあなに、このままってこと⁉　パパ！　**パパァーーー！**」

パパがバスルームのドアを開ける。ジャケットはもうぬいでて、ちょうど青りんごにかぶりついてるところだった。すごくジューシーなりんごで、果汁《かじゅう》が飛《と》び散《ち》ってる。パパはりんごをしゃくしゃくかみながら言った。

「その髪型《かみがた》でいいのか？　それとも散髪《さんぱつ》に行く？　ほら、図書館のとなりのさ。きいてみたら、いまなら時間あるって」

「ああ、ありがとう神さま！」

「呼《よ》び名《な》はパパでじゅうぶんだぞ」とパパが言う。いまのはおもしろかったな、とわたしは思った。これ、ネタにならないかな？

＊＊＊

髪《かみ》を切ってもらったあと、わたしはマッタとふたりで、棒付《ぼうつ》きキャンディーをぺろぺろなめながらヘーゲシュテン通りを歩いた。こういうキャンディーは、ほんとはもっと小さい子がなめるものだけど、わたしは頭の皮をはがれかけてショック状態《じょうたい》だし、頭に衝撃《しょうげき》を受けたときには砂糖《さとう》がいいって聞いたことがある、って言って、なめることにした。ほとんど髪《かみ》の毛《け》のなくなった頭のそばを、風がびゅんびゅん吹《ふ》いていく。わたしたちはカメラ屋さんの前で立ちどまった。ショーウィンドウを鏡代《かがみが》わりにして自分を見る。こめかみあたりの髪《かみ》は剃《そ》られちゃったけど——まあ、そうするしかなかったんだろう——頭の上のほうはもうちょっと長い。ぜんぜんオッケーな髪型《かみがた》だと思う。ぜんぜんオッケー。少なくとも、自分にはそう言い聞かせてる。わたしもキャップをかぶったほうがいいのかも。

「短いの、にあってるよ」マッタがそう言って、わたしの髪《かみ》の毛《け》に指をさしこんでも、こんどはからまった髪《かみ》にひっかかることもなかった。

「ありがと」わたしは言った。「マッタは長いのがにあってるよ」

マッタはにっこり笑《わら》ったけど、急にまじめな顔になって、ささやいた。

「あのね、謝《あやま》んなきゃいけないことがある」

「バリカンのことなら、もうごめんはなし！　禁止《きんし》！」

「そうじゃなくて……それじゃなくて……さっき、あの……あのさ……〈死ぬ〉って言ったじゃん、わたし。サーシャのパパが帰ってきたとき」

ぽつりぽつりと、しかも早口で言うもんだから、なんて言ったのか、よく聞こえなかった。

マッタは赤い棒《ぼう》付きキャンディーを口から出して、指で棒《ぼう》をくるくる回してて、なんだか落ちつかない感じ。悲しそうな顔でわたしを見てる。わたしは眉間《みけん》にしわを寄《よ》せた。いったいどういうことだろう。

「ごめんね。あんなこと言って」

それで、やっとわかった。

「なあんだ、マッタ。〈死ぬ〉くらい、言ったっていいに決まってるじゃん。ほら、帰ってなんか食べよ。人は食べないと死ぬ！　でしょ？」

わたしの声はぶきみなほど元気に聞こえた。｜．髪《かみ》をばっさり切る。完了《かんりょう》！

心ならずもユニーク

きょうは三月二十日、つまりわたしの誕生日《たんじょうび》！　十二歳《さい》だ。十一、ナトリウムの原子番号から、十二、マグネシウムの原子番号になる。いまちょうど学校で元素《げんそ》について習ってるんだ。いや、セシリアのやたらと力のこもった口調をまねすると、**「元素《げんそ》！」**について、ね。ナトリウムはけっこう好《す》きだな、塩《しお》みたいなもんだもん。わたしはしょっぱいのが大好《だいす》き。これから生きてるあいだずっと、しょっぱいものか甘《あま》いもの、どっちかしか食べちゃだめって言われたら、わたしはしょっぱいものを選《えら》ぶ。うちのクラスの子たちはほとんどみんな、甘《あま》いものを選《えら》ぶと思うけど。そういう意味では、わたしはユニークらしい。残念《ざんねん》ながら、ほかの意味でもユニークだ。べつに、そうなりたいわけじゃないんだけど。

パパは四十七歳《さい》で、四十七は銀の原子番号。これはなかなかいいと思う。けど、マグネシウムのことをどう思うかは、自分でもよくわからない。マグネシウムのことなんて、なんにも知らないから。

わたしはふとんにもぐったまま寝《ね》たふりをしてる。部屋の外、キッチンで、パパと、おばあちゃんと、おじさんのオッシがひそひそ話しながらなにかやってて、がちゃがちゃ音がする。おじさんって言うと、すごく年とってるみたいに聞こえるけど、オッシはパパよりずっと年下で、たしか二十九歳《さい》とか三十歳《さい》とかだったと思う。よく覚《おぼ》えてない。だから、オッシがどの元《げん》素《そ》かはわからない。

ロールカーテンの脇《わき》のすきまから、灰色《はいいろ》がかった白い光がひとすじ入ってきて、部屋のなかを照《て》らしてる。きのうわたしが眠《ねむ》ったあと、どうやらパパが、床《ゆか》に散《ち》らかってたものをぜんぶ片《かた》づけたみたい。これをされると、いつも頭がこんがらがる。寝《ね》るときはとんでもなく散《ち》らかってるのに、起きてみたら、きっちり整理《せいり》整頓《せいとん》されてるんだから。

ダース・ベイダーの目覚《めざ》まし時計に表示《ひょうじ》された数字は、０６：４７。

しばらくたったいまも、まだ、０６：４７。

まだ０６：４７だ。こんなに長く０６：４７がつづくってどういうこと？　意味わかんない！　こういうふうに、なかなか過《す》ぎていかない一分のことを、パパはいつも〈市営《しえい》交通の一分〉って呼《よ》んでる。地下鉄に乗るとき、ホームの電光掲示板《けいじばん》に赤文字で〈到着《とうちゃく》まであと三分〉って書いてあるのに、三分たってもまだ〈あと三分〉ってなってることが、たまにあるから。市営《しえい》交通の一分ってのは、史上最高《しじょうさいこう》にゆっくり過《す》ぎていく一分、というわけ。

まだ06：47だ。もしかして、この数字のまま固《かた》まっちゃったとか？　ダース・ベイダーをぶんぶん振《ふ》ってみたけど、なにも変《か》わらなかったから、もとの位置《いち》にもどした。ダース・ベイダーが黒光りする目でわたしを見てる。

「早くしてよ、ダーシーちゃん」わたしはささやきかけてみた。

するとついに、06：48になった。

で、いきなり聞こえてきた歌声――

「きょうはお祝《いわ》い、きょうはお祝《いわ》い、百歳《さい》まででも生きますように！」

まったく、おかしいと思わない？　どんなときでも、どんなことでも、考えたくないことを思いだすきっかけになっちゃうんだから。百歳《さい》まででも生きますように、って。そりゃ、たとえばだけどさ、ママがそれだけ生きられたらどんなによかったか。百歳《さい》まで。ううん、五十歳《さい》でもいい。そしたらママが死ぬころ、わたしはもう大人になってたはずだから。きっと、もっと楽だったよね？　どうしても去年のことを思いだしちゃう。十一歳《さい》になったときのこと。ママがこんなふうに歌いながら、部屋に入ってきたときのこと。寝起《ねお》きのママがいつも漂《ただよ》わせてた、いかにもママらしい香《かお》りがした。ママにハグされるといつも、わたしはママの首のそばに頭をつっこんで、うなじの髪《かみ》のにおいを嗅《か》いだ。そこがいちばんママのにおいがしたから。そうするとママは笑《わら》って、くすぐったいよ、って言った。わたしはママのにおいを忘《わす》れちゃうのが怖《こわ》くてしかたがない。

ママは三十六歳《さい》で止まってしまった。わたしはこれからどんどん年をとるけど、ママは年をとらない。いつまでも三十六歳《さい》のまま。三十六はクリプトンの原子番号だ。クリプトンは貴*《き》ガスのひとつで、地球の大気圏《たいきけん》ではめったにみられない、稀有《けう》な元素《げんそ》なんだって。ママと同じだ。稀有《けう》。ママには少なくとも七十九歳《さい》になってほしかった。七十九は金の原子番号だ。金は永遠《えいえん》に残《のこ》る。

いま、パパとおばあちゃんとオッシが部屋の入り口にひしめきあいながら立ってて、窓《まど》ガラスがたがた言いそうな勢《いきお》いで歌ってる。パパが先頭で、手にはトレイを持ってる。きのう、朝ごはんになに食べたいか、きかれたんだよね。で、生クリーム入りのホットチョコレートと、フルーツサラダにヨーグルト、それからいちごジャムをつけたトースト、って答えた。トレイの上にはそれ以外《いがい》にも、火のついたろうそくと、ヒョウの絵の描《か》いてあるペーパーナプキンと、エッグスタンドに活《い》けた小さい紫《むらさき》の花がのってる。きっとキッチンに飾《かざ》ってあるセントポーリアを摘《つ》んだんだな。わたしは起き上がってベッドの上にすわった。オッシがパパのそばを通《とお》りぬけて近づいてくる。花柄《はながら》のシャツの袖《そで》をまくっていて、タトゥーがぜんぶ見えた。

「どうせ寝《ね》てなかったんだろ、正直に言えよな！」オッシはそう言って、わたしをハグしてくれた。

タバコのにおいがするけど、オッシのタバコにはそんなに腹《はら》が立たない。そもそもオッシはいつだってタバコのにおいがするから、ずうっと怒《おこ》ってることもできないし。相手がオッシなら、なおさら。

「朝の六時半に呼《よ》び鈴《りん》鳴らす人がいるからさ、そりゃ寝《ね》てられないよ」とわたしは言った。

「ほら見ろ。まったく！」パパが言う。「だから来るまえにSMS送ったじゃないか。〈こっそり入ってこいよ！　鍵《かぎ》開いてるから！〉って。ときどき思うんだが、おまえ、おれのSMS読んでないんじゃないか？」

パパがオッシのほうを向くと、オッシはエルヴィス・プレスリーみたいにセットした黒髪《くろかみ》をかき上げた。いや、かき上げたっていうのはちょっとちがうか。髪《かみ》の表面をなぞったって感じ。そっと、まるでウサギをなでるみたいに。たぶん、ワックスだのスプレーだの、いろいろへんなのつけてるからだと思う。たとえすごい嵐《あらし》が来ても、オッシの髪型《かみがた》はきっとあのまま、一ミリも変《か》わらないだろう。

「いや、そりゃ読んでるよ、けどさ……忘《わす》れちまうこともあるかも。ほら……**ADHDだから」

オッシはADHDがあって、どんなことでもたいていそのせいにする。遅刻《ちこく》すると、ADH

Dのせい。なにか買《か》い忘《わす》れても、ADHDのせい。人の話を聞いてなかったら、それもADHDのせい。うそだと思ってるわけじゃないよ。ADHDのせいで、ほかの人にはかんたんにできることが、オッシにはむずかしいってことはまちがいなくあると思う。けど、それでも思っちゃうんだよね。なにかのせいにできるって、すごく便利《べんり》だろうなって！

オッシはわたしの頭に手をやって、ガシガシなでた。

「しっかし、いいな、この新しい髪型《かみがた》！」

「オッシの古い髪型《かみがた》もいいよ！」わたしは笑《わら》った。

それまでおとなしく待ってたおばあちゃんのために、オッシが場所をあけてあげた。おばあちゃんがベッドの縁《ふち》にどすんと腰《こし》を下ろすと、ベッド全体がギシギシ言った。おばあちゃんは体重が百キロを超《こ》えてるんだ。本人は九十八キロだって言ってるけど。パパが言うには、体重で三ケタに到達《とうたつ》するのはなかなかつらいものがあるから、それでちょっとだけうそをついてるんだろう、って。おばあちゃんがわたしのひざの上に、大きくてやわらかい包《つつ》みをのせてくれる。白地に水色の小花柄《こばながら》の紙でラッピングされた包《つつ》み。おばあちゃんのくれる包《つつ》みはいつもこう。じつはこれ、プレゼント用の包装紙《ほうそうし》じゃなくて、壁紙《かべがみ》なの。これまでにおばあちゃんがくれたプレゼントはぜんぶ、この壁紙《かべがみ》に包《つつ》んであった。十五年くらいまえに、この壁紙《かべがみ》を二十ロールくらい買っちゃったあとで、柄《がら》が好《この》みじゃないことに気づいたけど、そのときにはもう返品できなかったんだって。

おばあちゃんがわたしの手を取って、ぎゅっと握《にぎ》る。そうして長いあいだ、ちょっと気まずいくらい長いあいだ、わたしの目をじいっと見つめてた。で、言った。

「ねえ、サーシャ、どんな気持ち？　十二歳《さい》になってみて」

なんか、ものすごく深い答えを期待されてる気がする。人生はたいせつな贈《おく》りものだ、とかなんとか、そういう格言《かくげん》みたいな答え。でも、わたしのなかにそんなものの用意はない。

「えっと……そうだなあ……ナトリウムからマグネシウムになった感じ？」

おばあちゃんがはてなマークを飛《と》ばしながらわたしを見る。

「いま、学校で元素《げんそ》について習ってるから」パパが言った。「マグネシウムは十二番めの元素《げんそ》だ」

「ああ、なるほど。わたしね、マグネシウムのサプリ飲んでるわよ。胃酸《いさん》の逆流《ぎゃくりゅう》に効《き》くのよ」

ほう。情報《じょうほう》サンキュー、おばあちゃん。これでマグネシウムについてひとつわかった。

パパがトレイを床《ゆか》に置《お》いて、わたしをあたたかい腕《うで》で、しっかり、長いこと抱《だ》きしめてくれた。

「おめでとう、サーシャ！」

パパはパジャマのズボンに着古《きふる》したTシャツ姿《すがた》で、くつろいだ感じでうれしそうに見える。

メガネはかけてない。メガネがないと、パパの顔はいつもとちがって見える。服をぬいだみたいな顔。いや、寝起《ねお》きみたいって言ったほうがいいかな。目のまわりが黒くなってないパンダみたい。

「オッシ、ほら、プレゼント！」

「ああ！　そうだった！」

オッシが部屋を飛《と》びだしていって、五秒後、包《つつ》みを三つかかえてもどってくると、それをぜんぶベッドの上にどさどさ落とした。ひとつは赤いベルベットのリボンのかかった小さな箱で、もうひとつはやわらかめの厚紙《あつがみ》に包《つつ》んである、服かなにかかも。で、三つめはもうちょっと大きくて、硬《かた》くて、青い紙で包《つつ》んであって、本かなと思う（でも、本じゃないことを願《ねが》ってる。忘《わす》れちゃいけない――３．本を読まない）。

「どれが、だれから？」

わたしはパパを見て、それからオッシを見た。

「ぜんぶパパからだよ」とパパが言う。

オッシは気まずそうだ。

「いやさ、きのうはぜんぜん時間なくて……で、ほら……けさは店も開いてなくて」

「朝の六時に開いてる店はめったにないぞ、知ってると思うが」パパが言う。

「でも、なにを買うかはもうばっちり決めてあるんだ、だから近いうちに渡《わた》すよ」

パパが天をあおぐ。

「べつにいいよ」わたしは言った。

「ＡＤＨＤだからさ」オッシは申しわけなさそうにそう言って、肩《かた》をすくめた。

おばあちゃんのくれたプレゼントは、すっごくやわらかくて白いふわふわの毛布《もうふ》と、すっごくやわらかくて白いクッションで、さわり心地《ごこち》も見かけも、まるでウサギの毛皮みたい（でも、ほんものの毛皮ではない。よかった！）。めっちゃ気に入った。パパからのプレゼントは、まず地図帳（本だけど、読まなくてよくて、絵だけ見ればいいからちょうどよかった）と、かっこいいタイトなデニム（紺色《こんいろ》だけど、赤いのと交換《こうかん》してもらうつもり。黄色でもいいかも）。小箱は最後《さいご》にとっておいた。三人ともわくわくした顔でわたしを見てる。みんな中身がなにか知ってるんだなって、けっこうバレバレだ。

「時計かな？　ペンダント？」と言ってみる。でも、箱はすごく軽いし、振《ふ》ってみてもなんの音もしない。わたしはみんなをじらすように、ゆっくりリボンを引っぱった。

ふたを開けても、いったいどういうことなのか、最初《さいしょ》はさっぱりわからなかった。なかに入ってたのは、写真が一枚《まい》だけ。犬の写真。仔犬《こいぬ》だ。たぶんコッカースパニエルで、キャラメルみたいな薄茶色《うすちゃいろ》。息が止まりそうなくらいかわいかった。写真を裏返《うらがえ》してみる。こう書いてあ

つた――〈おめでとう！　あと六週間であなたの子です！〉

「どういうこと？」わたしはパパを見上げた。ほんとに、さっぱり意味がわからなかった。

パパはうれしそうに笑《わら》ってる。

「その子だよ、プレゼント。そのワンコ！　みんなにとって。ずっと必死《ひっし》で考えてて、決めたんだ、きっといい支《ささ》えになるよ。おまえにとって。……あんなことがあったあとで」

ようやく、ゆっくり、わかってきた。仔犬《こいぬ》をもらえるんだ。仔犬《こいぬ》！　ふわふわの綿菓子《わたがし》みたいな、なにかあたたかいものが、体のなかに広がっていく。まるでほんとうにいま、仔犬《こいぬ》を手わたされたみたい。キャラメル色の、やわらかくてちっちゃなワンコが、ふわっとわたしのひざに降《お》りてきたみたい。

わたしはパパを見たまま固《かた》まってた。犬を飼《か》いたいって、一歳《さい》のころからずっと言ってたんだ。一歳《さい》だよ！　わたしが発した三つめの言葉が〈わんわん〉だった。最初《さいしょ》が〈ママ〉で、つぎが〈パン〉で、そのつぎが〈わんわん〉。〈パパ〉は四位《い》に甘《あま》んじた。かわいそうなパパ。でも、いまなら一位《い》だ。あのころとはちがって、そこまでパンに興味津々《きょうみしんしん》でもないし。

パパもわたしを見てる。目がきらきらしてる。横目でオッシを見ると、どうかしちゃったのかと思うくらいにこにこしてて、足から足へと重心を移《うつ》して、ゆらゆら体を揺《ゆ》らしてる。軽くダンスしてるみたい。オッシはじっと立ってるのが苦手なんだ。おばあちゃんはさっきからずっと、ベッドの縁《ふち》にすわったままだ。どっしりしてて動かないけど、口元は笑《わら》ってる。

わたしの仔犬《こいぬ》。わたしだけの仔犬《こいぬ》。チュッてしたり、だっこしたりして、おすわりとか、ぐるんところがるのとか、ハイタッチとか、ぜんぶわたしが教えてあげられる。

でも。

バケツに入った氷水を、いきなり頭からかけられたみたいだった。仔犬《こいぬ》。あたりまえだ、仔《こ》犬《いぬ》の面倒《めんどう》はみられない。わたしにはできない。無理《むり》。不可能《ふかのう》。だって、リストの2．がある――生きものの面倒《めんどう》をみようとしない。

おなかのなかに広がってた、あったかくてふわふわのなにかが、一瞬《いっしゅん》で消えた。サウナから雪のなかに出てきたみたい。わたしはなんとか小箱のふたを閉《し》めた。手が震《ふる》えてたけど、とにかくいまは、このぽちゃぽちゃでふわふわな仔犬《こいぬ》を隠《かく》さないといけない。ベルベットのリボンを手に取る。ゆっくり時間をかけて箱に巻《ま》く。縦結《たてむす》びにする。もう一回、縦結《たてむす》び。

「パパ。だめだよ。飼《か》えない」わたしは言った。

パパはわけがわからないって顔でわたしを見た。

「なんだって？」

「犬の面倒《めんどう》はみられない。無理《むり》なの」

パパはわたしに顔を殴《なぐ》られたような表情《ひょうじょう》になった。

「えっ……ええっ？　なにを言ってるんだ？」

「だめ。だめって言ってるの！　無理《むり》だから。ありがたいけど、無理《むり》」

涙《なみだ》が出そうになってるのがわかる。泣《な》くつもりはない。泣《な》くもんか。いつもどおり、がまんする。のどが腫《は》れたみたいになって、つばものみこめない。息もできない気がしてくる。ベッドから飛《と》び上《あ》がって、走って部屋を出ようとしたところで、うっかりオッシにタックルしちゃって、それでオッシがよろけて、半年もまえから置《お》いてあってほこりをかぶってるわたしのレゴ作品の上に倒《たお》れこんだ。わたしはトイレに駆《か》けこんで、なかから鍵《かぎ》をかけた。鏡《かがみ》で自分の顔を見る。これが、わたし。サーシャ。十二歳《さい》。マグネシウムの原子番号。トイレに閉《と》じこもってる。まだ見慣《みな》れない、短すぎる茶色の髪《かみ》。金色の輪《わ》っかが入ってるみたいに見える茶色の眼《め》。

ママと似《に》た目
その目に涙《なみだ》がうかぶ。わたしは涙《なみだ》がこぼれないよう、そうっと、そうっと床《ゆか》にあお向けになった。ペンキのはげかかった天井《てんじょう》を、じっと見つめる。まばたきしたら涙《なみだ》がこぼれちゃうから、まばたきはしたくない。ぜったいに泣《な》くもんか。涙《なみだ》が目のなかにとどまったまま、ほっぺに落ちてこなければ、泣《な》いたことにはならない。わたしはリストを思いうかべた。それで気がまぎれるように。

1. 髪《かみ》をばっさり切る。
2. 生きものの面倒《めんどう》をみようとしない。
3. 本を読まない。
4. 着るのはカラフルな服だけ。
5. 考えすぎない(できればなにも考えない)。
6. 散歩《さんぽ》を避《さ》ける。森を避《さ》ける。
7. コメディ・クイーンになる!

こうしてここに寝《ね》ころがってるわたしは、世紀《せいき》の大まちがいをしたんだろうか?
そんなことはない。いまのは正しい決断《けつだん》だった。そうにちがいない。

* 周期表《しゅうきひょう》18族のヘリウム・ネオン・アルゴン・クリプトン・キセノン・ラドンの総称《そうしょう》。化学反応《はんのう》を起こしにくい。

** 「注意欠如《けつじょ》・多動症《たどうしょう》」のこと。じっとしているのが苦手、忘《わす》れ物《もの》が多い、独創性《どくそうせい》にあふれている、などの特徴《とくちょう》がある。

今年は、友だちを呼《よ》んで誕生日《たんじょうび》パーティーってのはやりたくない。そんな気になれないんだ。人がうちに来て、あちこちじろじろ見ていくのがいや。去年はママがいたのに今年はいないってことが、いやってほどはっきりする気がして。

そりゃ、どこかべつの場所でやるって手もあるよ。たとえばパパは、ヘラスゴーデンっていう公園のそばにある森にみんなで行って、パーティー代わりに大冒険《だいぼうけん》っていう案《あん》を出してきた。アスレティックコースみたいなのがあるらしい。いい考えなんだろうとは思う(百パーセント断言《だんげん》はできない)。でも、

(A)森に行くつもりはない(6.森を避《さ》けるを忘《わす》れないこと)。
(B)外で誕生日《たんじょうび》パーティー? 三月に? このスウェーデンで? 苦行僧《くぎょうそう》かよって話だよ。

（苦行僧《くぎょうそう》になるくらいなら、自分自身に火をつけるほうがまし。寒いの大きらい。）
（C）大冒険《だいぼうけん》って言われてもね。これ以上《いじょう》の冒険《ぼうけん》なんて、わたしの人生にはもういらないわけ。
（D）このアスレティックコースってのがまた、信《しん》じがたい代物《しろもの》でね。ひとつだけ例《れい》を挙《あ》げると、すごく高いところで木から木へ歩くなんていうポイントがあるらしい。聞きまちがいじゃないよ。地面を歩くだけでもじゅうぶんきついと思うんだけど、ここでは空中を歩かなきゃいけないわけ。そりゃ聖書《せいしょ》には、イエスさまが水の上を歩いたって書いてあるけどさ。さすがのイエスさまだって、空中を歩くのは無理《むり》だってわかってたはず（だいたい、イエスさまが水の上を歩いたときには、きっと氷が張《は》ってたんだと思う）。空中を歩けるんなら、なんでそもそも地面があるんだって話じゃない？　橋がかかってるわけでもないんだよ。そういう安定したものはなんにもないの。ないない。それじゃ冒険《ぼうけん》でもなんでもないからね。地面から少なくとも十メートルは上に、ただの板がね、いくつもつりさげてあるわけ。板がないところもある。そういうところでは、ささくれだった古いロープにつかまってぶらさがって、ロープを揺《ゆ》らして進むしかない。平均台《へいきんだい》みたいに丸太を渡《わた》らなきゃならないところもある。くりかえすけど、これぜんぶ、地上十メートルのところだからね。それで最後《さいご》にしょぼいひもにくくりつけられて、長さ四十メートルのジップラインで下りていって、いまにも崩《くず》れそうな木の小屋のなかに着地するんだって。そのまえに松《まつ》の木と正面衝突《しょうとつ》しなければ、だけど。で、なんと！　これを自分からすすんでやる人たちがいるっていうんだからね。わざわざお金払《はら》ってさ。やれやれだよ。

(E)パーティーっていう気分じゃない。

(F)会いたい友だちはマッタだけ。

＊＊＊

マッタが放課後《ほうかご》にうちにおいでって言ってくれた。いつもみたいに学校が終わってすぐじゃなくて、三十分待ってから来て、って。わたしが来るまえにやらなきゃいけないことがあるらしい。着いて呼《よ》び鈴《りん》を鳴らすと、マッタが出てきたけど、わたしが口を開く間《ま》もなく、マッタはいつものかすれ声で「ちょっと待って！」って叫《さけ》んだ。で、わたしを玄関《げんかん》に立たせたまま、走ってキッチンへもどっていった。わたしは玄関《げんかん》の壁《かべ》にかかってるマッタの親戚《しんせき》の写真をながめた。すっごくまじめな顔の、白黒の親戚《しんせき》たち。いや、白黒なのは写真のほうね。ほんとはみんな、マッタと同じ、ピンクっぽいベージュの肌《はだ》だったんじゃないかな。わたしはマッタの肌《はだ》の色が大好《だいす》き。皮膚《ひふ》の下が透《す》けて見えそうな色なの。マッタが目をつぶると、血管《けっかん》の細い細い線が、まぶた全体に張《は》りめぐらされてるのが見えるんだ。マッタはわたしの肌《はだ》の色のほうが好《す》きだって言う。一年じゅう、ずっと日焼《ひや》けしてるみたい、って。ママの肌《はだ》も同じ色だった。ひょっとして、みんな、自分にないものを好《す》きになるのかな？

　話をもどすと、マッタの家の玄関《げんかん》の壁《かべ》は写真で埋《う》めつくされてて、額縁《がくぶち》のあいだのすき間《ま》は三センチもない。写真のなかに、髪の毛をひとつにまとめた女の人がふたり、カメラをまっすぐ見つめてるのがあった。この人たちが着てるドレスには、どう考えてもおかしいでしょってくらい、ボタンがたくさんついてる。ぜんぶとめるだけで半日はかかったよね、きっと。で、そうして半日が過《す》ぎたところで、またすぐにボタンをはずしはじめないといけないの。じゃないと寝《ね》る時間になっても服をぬげないからね。〈ちょっとだれか、ファスナーを発明してくれない!? いますぐおねがい！〉って感じ。でも、この写真がへんなのはそこじゃない。ふたりのあいだのテーブルにミシンが置《お》いてあって、ふたりともそれに腕《うで》をまわしてるの。まるで自分のかわいい子どもを抱《だ》きかかえてるみたいに。

　べつの写真には、スーツ姿《すがた》の男の人が写ってる。スーツの下にベストも着てて、髪《かみ》の毛《け》はつやつやで、巨大《きょだい》なもじゃもじゃの口ひげを生やしてる。いかにも満足《まんぞく》そうな顔で、キツネの剝《はく》製《せい》のとなりにすわってるんだけど、わたしに言わせればその剝製《はくせい》は毛皮がぼろぼろで、なんだかみすぼらしい。まったく、お年寄《としよ》りだってこんな写真撮《と》ってたくせに、わたしたちの自撮《じど》りに文句《もんく》言うんだから！

　そのとき、マッタの声がした。

「入っていいよ！」

こうしてわたしはついにキッチンに入れてもらえた。マッタはなんと、わたしたちふたりだけのために、ミニパーティーを準備《じゅんび》してくれてた！　いつもみたいにまったりするだけだと思ってたのに。見たことないサイズのメレンゲ・スイスがテーブルの上に置《お》いてあった。ちなみにマッタはこれのことを〈メレンゲ・シュウィス〉*って言う。そのほうがおいしそうに聞こえると思う。

「えっ、うわあ！」わたしはそう声をあげて、ぽんと両手をたたいた。おばあちゃんがこの場にいたら、きっと同じしぐさをしただろうな。「いつつくったの？」そんな時間どこにあったんだろうと思って、わたしはそうきいてみた。「さっき、学校が終わったあと？」

「いや、けさめっちゃ早く六時十五分とかに起きて始めたけど材料《ざいりょう》買ったのはきのうでさっきぜんぶ終わらせた！」

マッタは息継《いきつ》ぎもせずにこれをぜんぶ言ってのけた。いまのわたし、目がハートになってる絵文字みたいな顔だな、きっと。だって、ほんとにさ。マッタは世界一、宇宙《うちゅう》一だよ。マッタとメレンゲ・スイスと、どっちのほうが好《す》きかわかんないくらい。いや、それはないな。マッタ。マッタがいちばん。でも、メレンゲ・スイスも大好《だいす》き。ラヴ‼　I♥《アイラヴ》

「特大《とくだい》パックのアイスぜんぶと、メレンゲの袋《ふくろ》ふたつと、バナナ三本と、あと冷凍《れいとう》いちごもひと袋《ふくろ》ほとんどぜんぶ使ったんだ。それからもちろん、チョコレートソースも。めっちゃたくさん！」

マッタがわくわくした顔でわたしを見てる。キャップをかぶりなおしたら、耳がもっと横につきだして見えた。

「ちょっと、マッタ！　あんた最高《さいこう》！」

マッタのほっぺが赤くなる。

「ホイップクリーム好《す》きかどうかわかんなかったからさ……かけなかったけど、いちおう、こういうのを……あれ、どこに置《お》いたっけ？」

マッタはあたりを見まわすと、キッチンペーパーのロールのうしろに隠《かく》れてたホイップクリームのスプレー缶《かん》をつかんだ。

「マッタ・シェルド君、吾輩《わがはい》がホイップクリームを好《す》きかきらいか、実際《じっさい》にこの場でお見せしよう！」

わたしはマッタからスプレー缶《かん》を受けとると、口をがっとあけて、口のなかいっぱいに生クリームをスプレーした。クリームは冷《つめ》たくてふわふわしてる。マッタが大笑《おおわら》いして、叫《さけ》んだ。

「ちょっとそのまま！」

で、わたしの口におさまったホイップクリームの山のてっぺんに、いちごをちょこんと置《お》いた。

「えーいいあい!」

〈ケーキみたい〉って言おうとしたんだけど、もちろん言えるわけない。たっぷり入ったクリームはぬるぬるしてて、のどの奥《おく》のほうへ流れはじめてる。がまんできなくなって大笑《おおわら》いすると、クリームが噴《ふ》きだして床《ゆか》に飛《と》び散《ち》った。マッタが小さな花火の棒《ぼう》を二本出してきて、わたしの口に入れるふりをしたけど、代わりにメレンゲ・スイスに花火をつっこんで、立ててから火をつけた。クリーム色の熱《あつ》い火花がパチパチ散《ち》ったかと思ったら、まっすぐ上に向かって噴《ふ》きだしはじめて、そのあいだにマッタが聞いたことのないスピードで『きょうはお祝《いわ》い』を歌ってくれた。

ふたりとも、お皿を出しもしないで、ボウルから直接《ちょくせつ》食べた。もうすっごくおいしくて、天国にいるみたい! 冷《つめ》たくてふわふわで、甘《あま》くてサクサクしてる。わたしたちはほとんどしゃべりもしないで、ただ「んーー」とか「あああ」とか言ってるだけだった。マッタは「くちゃくちゃくちゃ」とも言ってたけど、これはわたしが食べるときにそういう音をたてるのがきらいだって知ってるから、わざと言ってからかってるわけ。そんなこんなで、あれだけあったメレンゲ・スイスを、ふたりでほとんどぜんぶ食べちゃった。

食べたあと、マッタはベッドで横になって休まなきゃならなかった。ベッドはきっちりかっちり整えてあって、まるっこいパンダの絵のベッドカバーがかかってて、いろんな色のクッションが少なくとも十個《こ》は置《お》いてある。わたしもマッタのとなりに、逆方向《ぎゃく》にどさっと寝《ね》そべった。

「顔に足、近づけるのやめてくれない？」マッタがそう言って、わたしの足にほっぺをぶつけてくる。

「足に顔、近づけるのやめてくれない？」って言ってやった。

するとマッタが足の裏《うら》をくすぐってきて、わたしは足を引っこめるしかなくなった。

「オーマイガー。こんな満腹《まんぷく》になったの、生まれてはじめてかも！」そう言っておなかを見下ろすと、いまにも破裂《はれつ》しそうにふくらんでる。

「もうこれからずっと、なんにもおなかに入らないよ」マッタが息苦しそうに言った。けど、いきなり起き上がって、ベッドの下に手をつっこんだ。なにかの包《つつ》みを引っぱり出して、わたしのほうに放り投げる。それはわたしの腿《もも》にいったん着地してから、ベッドカバーの上に落ちた。硬《かた》かった。

「えっ？　プレゼント！　わたしに⁉」

「なんでそんなにびっくりしてんの！　誕生日《たんじょうび》じゃん」

わたしは体を起こして、包装紙《ほうそうし》をはがしはじめた。本だ。まずい。３．本を読まない。でも、包装紙《ほうそうし》をぜんぶ取ってみたら、本じゃなくてノートだった！　表紙にピンクのフラミンゴが描《か》いてある。

「おもしろいネタ、ぜんぶ書いておけるようにね。ほら、お笑《わら》いのためにさ！」

ああ、もう。マッタって、ほんと最高《さいこう》。

「マッタ……ありがと！　いいねこれ、めっちゃいい。ただささ、どうやるのか勉強しないといけないよね。スタンダップ・コメディの……やりかたっていうかさ」

わたしはちょっと無理《むり》しながら笑《わら》ってみせた。

「グーグルで調べたら出てくるんじゃない？」

マッタが机《つくえ》に飛《と》んでいって、パソコンを開く。まえはこれがうらやましかったな。マッタが自分のパソコンを持ってるっていうのが。けど、そのあと、わたしはママが使ってたのをもらった。ママのパソコンが、わたしのパソコンになったわけ。はじめは使いたくなかったけど、そのうち使うようになった。だって、使わないと、ただ置《お》いてあるだけなんだもん。

マッタが〈スタンダップ　やりかた〉って入力して検索《けんさく》する。いろんな動画が大量《たいりょう》に出てきた。いい動画はやっぱり英語《えいご》のが多かった。わたしたちはひたすら、いくつも見た。いろんな動画を、つぎつぎと。

だいじな言葉をいくつか覚《おぼ》えたので、もらったノートに書きとめた。

セットアップ：ジョークの始まり、土台となる部分。聴衆《ちょうしゅう》がジョークを理解《りかい》するために、知っていなければならない情報《じょうほう》。

パンチライン：聴衆《ちょうしゅう》を笑《わら》わせる部分。ジョークの中心。

マッタがまたベッドに寝《ね》そべった。メレンゲ・スイスの食べすぎでだるい、って言ってる。

わたしはマッタのために、書いたことを読みあげた。

「セットアップでは、ジョークがあるひとつの方向に向かうだろうと聴衆《ちょうしゅう》に思わせるとよい。そうしてパンチで驚《おどろ》かせる」

「パンチ？　殴《なぐ》るの？」マッタがきく。

「いや、聴衆《ちょうしゅう》を殴《なぐ》るってまずいでしょ。そのパンチじゃなくて、パンチラインのこと」

「そっか」マッタが眠《ねむ》そうに言う。「よくわかんないけど」

「じゃあさ、たとえばだけど、こういうジョークがあるじゃん。『ドイツ人がひとり、ロシア人がひとりと、ベルマンさんがいました』

「なんでこういうのに出てくるの、ベルマンさんって名前なんだろうね？」マッタはそう言いながら、うっかり小さなゲップをもらした。

「そういうもんなの。いいから黙《だま》って。とにかく、『ドイツ人がひとり、ロシア人がひとりと、ベルマンさんがいて、だれのパパがいちばん小さいかで競争《きょうそう》してました。ドイツ人はこう言いました。〈うちのパパは靴箱《くつばこ》に入るくらい小さいよ〉。ロシア人は〈うちのパパはマッチ箱に入るくらい小さいよ〉と言いました』」

「めっちゃ小さいじゃん」とマッタ。

わたしたちはくすくす笑《わら》った。

「よし、ここまでがセットアップね。だよね？　たぶん」とわたしは言った。「さて！　ここからがパンチラインだよ。『するとベルマンさんは泣《な》きだして、こう言いました。〈うちのパパ、じゅうたんの端《はし》から落ちて死んだんだ〉』」

マッタは眉《まゆ》ひとつ動かさずにわたしを見てる。

「今年聞いたなかでいちばん笑《わら》えたってほどではなかったかな」と言って、大あくびをした。マッタはすごくやさしいけど、すごく正直でもある。いいことだとは思うけど、それでもわたしはマッタにあっかんべーして、ノートに向きなおってメモをとりつづけた。

ルーティン：同じテーマのジョークをいくつも組みあわせること。

セット：ジョークまたはルーティンをいくつもつなげること。セットの長さは、どんな場でそのセットを披露《ひろう》するかしだいで、数分で終わることもあれば、数時間つづくこともある。

大ケガ：大失敗《だいしっぱい》。だれも笑《わら》わない。

大ウケ：めっっっっちゃうまくいくこと。みんな死ぬほど笑《わら》う。

まったく、どういうことなんだろう。人を笑《わら》わせるための勉強をしてるときですら、ママのことを思いださせる言葉が出てくる。けど、わたしは頭にうかんだ考えを振《ふ》りはらった。５．考えすぎない。考えすぎるな。考えすぎるな。

わたしは横目でちらっとベッドを見た。マッタはクッションの山の上で寝《ね》ちゃったみたい。金色の巻《ま》き毛《げ》が広がってて、キャップが目元を隠《かく》してる。さて、ジョークを考えよう。おもしろいやつをね。さっきみたいな、昔からあるワンパターンなベルマンさんネタじゃなくて。わたしはスマホを出した。このまえ書いた、おもしろいこととむかつくことのリスト、写真に撮《と》ってあるんだ。

ハムスターとロブスター、からまるイヤホン、映画《えいが》を見ててもさっぱり理解《りかい》してない人たち、ＳＮＳでみんながやってることぜんぶ、言ってもドアを閉《し》めてくれないパパ。

どれもいまいち、おもしろさが足りない感じ。ベッドのほうからかすかないびきが聞こえてくる。マッタ、ほんとに疲《つか》れてたんだな。そのとき急に、先週あったことを思いだした。放課《ほうか》後《ご》にアイシングのかかったドーナツを買ったときのこと。あのできごとのなかに、なにかネタが隠《かく》れてる気がする。脳《のう》みそのいちばん奥《おく》のほうにひそんでる感じ。わたしは書きはじめた。書いて、消して、書きなおした。それから何分も、わたしはただひたすらフラミンゴのノートに書きつづけた。ぶつぶつひとりごとを言う。いろんな言いかたをためしてみる。どう言うのがいちばんいいだろう。いちばんおもしろいだろう。そのまま時間を忘《わす》れてしまって、ようやく完成《かんせい》したときには、十五分たったのか、三十分か、それとも一時間たったのか、よくわかんなくなってた。二十四時間制《せい》が苦手なせいだけじゃないと思う。

ペンを置《お》く。ジョークの完成《かんせい》だ。生まれてはじめて自分でつくったジョーク！　セットアップ、パンチライン、ぜんぶそろってる。わたしは立ち上がってマッタを揺《ゆ》さぶった。キャップを取り上げて、片目《かため》のまぶたを人差《ひとさ》し指《ゆび》でむりやり開けてやった。気乗りしてなさそうな青い眼《め》がのぞいた。

「マッタ、マッタ、聞いて！」

「なに？」

「はじめてつくったジョークだよ、ほんもののジョーク！」

マッタは眠《ねむ》そうにあくびをして、猫《ねこ》みたいに伸《の》びをした。

「オッケー。聞くよ」

わたしはマッタの前に立った。息を吸《す》う。吐《は》く。なんだか妙《みょう》に緊張《きんちょう》してきた。でも、マッタの前で言う勇気《ゆうき》がなかったら、だれの前でも言えないよね？　胸《むね》のなかで心臓《しんぞう》がどくどく言ってる。けど、わたしは口を開いた。

「うん。あのね。このまえ、ケーキ屋さんでドーナツ買ったんだけど」

「どのケーキ屋さん？　〈マンヘム〉？」

「そうだけど、それはよくって。いいから黙《だま》ってて！　で、お店の人がさ、ドーナツ買ったぶんのレシートくれたわけ。でもさ……ドーナツにレシートなんかいる？　お金渡《わた》して、ドーナツもらって、おしまいでいいじゃん。紙とかインクとかまで巻《ま》きこむ必要《ひつよう》ないと思わない？」

わたしはわざと、ちょっとだけ間《ま》を置《お》いてから、つづけた。

「だって、ドーナツ買ったのを証明しなきゃならないことってある？　そんな状況《じょうきょう》、ひとつも思いつかないよ！」

マッタはにっこりして、鼻を鳴らすみたいに、ちょっとだけくすっと笑《わら》った。

「おもしろかったよ。でも、どうだろう、ただ単《たん》にドーナツって言葉が好《す》きだからかも」

ちょうどそのとき、玄関《げんかん》のドアの閉《し》まる音がして、アパートがいきなり叫《さけ》び声《ごえ》や話し声でいっぱいになった。

マッタのママとパパと弟が帰ってきたんだ。

「マッティマッティ、いゆの？　いゆの？」マッタの弟が叫《さけ》んでる。

「あーあ」マッタがうめいた。「バンジョー・キラーのお帰りだよ」

＊　卵白《らんぱく》と砂糖《さとう》を混《ま》ぜあわせて泡立《あわだ》て加熱《かねつ》して固《かた》めたメレンゲに、ホイップクリームとチョコレートソースをかけたスウィーツ。

ヴァーサ・スポーツがいちばんザクザク

「泣《な》かないんだよ、あの子！　いったいどうしたらいいのか……もう六か月近くたっていうのに……ふつうじゃないだろ」

ある日の夜遅《よるおそ》く、パパが電話で話してるのが聞こえた。わたしがもう寝《ね》てると思ってるんだろうけど、あいにくまだ寝《ね》てない。ベッドに入ってはいるけど、スマホでスタンダップ・コメディの動画を見てる。パパが近づいてきたらわかるように、イヤホンは片方《かたほう》の耳にしか入れてない。ほんとはもう、三十分まえには電気を消して寝《ね》てるはずだったんだ。けど、パパの声が聞こえてきたから、わたしはイヤホンをはずしてじっと息をひそめた。真っ暗ななか、ダース・ベイダーのシルエットをじっと見つめる。

「そりゃそうだけど、心配なんだよ！　墓参《はかまい》りにだって一度も行こうとしないし。そのうえ犬も飼《か》いたくないって。なんなんだ？　まったく……さっぱりわからない」

静《しず》かになった。パパがぶつぶつなにか言った。なんて言ったかは聞こえなかった。だれと話してるんだろう？　オッシってことはないよね？　だれか友だちか、おばあちゃんかも。わたしがいないところでわたしの話をされるのはいやだ。

それに、わかんないのかな？　パパのためなのに。パパがいま以上《いじょう》に悲しい思いをするのがいやなの。パパがわたしのことをなぐさめなきゃいけなくなるのがいやなの。


ママをなぐさめてたときみたいに。

パパ、いつもママのベッドの脇《わき》にすわってた。ママはちょっと休まなきゃならないんだ、っていつも言ってた。出かけるときに、ママがいっしょに来てくれなかったことが何度もあった。おばあちゃんの家に行くとき、公園に行くとき、なにかのお祝《いわ》いに行くとき。ママはいつも泣《な》いてた。声はしなかった。しゃくりあげたり、わめいたりすることはなかった。涙《なみだ》がただ静《しず》かに流れて、ほっぺを濡《ぬ》らしてた。あんなにたくさんの涙《なみだ》！　バスタブをいっぱいにできるくらいあったと思う。

そういうわけだから。わたしはぜったいに泣《な》かない。泣《な》かないためならなんだってする。でも、どうしても涙《なみだ》がうかんできちゃうこともある。いやでしかたがない。そういうときは、ごくんとつばをのみこんで、涙《なみだ》をこらえる。ごくん、ごくん、ごくん。なかなかおさまらないこともあるけど、いつもそれでなんとかなる。のどが詰《つ》まったみたいな感じになるのをがまんしなきゃいけないだけ。それでもほんとにあぶないときには、まえにトイレでしたのと同じことをする。涙《なみだ》がこぼれないように、床《ゆか》にあお向けになる。それでもひと粒《つぶ》こぼれてきちゃったら、目のなかにもどしてやる。もとの場所に押《お》しかえす。頭のなかまで押《お》しかえす。いちばんいいのは、気をまぎらわせること。動画を見る。ザクザク大きな音をたててクリスプ・ブレッドを食べる。ヴァーサってメーカーの〈スポーツ〉っていうのが、いちばんザクザク言うんだ。で、リストを暗唱《あんしょう》する。髪《かみ》をばっさり切る。生きものの面倒《めんどう》をみようとしない。本を読まない。着るのはカラフルな服だけ。考えすぎない。散歩《さんぽ》を避《さ》ける、森を避《さ》ける。コメディ・クイーンになる！　言葉のひとつひとつはもう、あんまりよく聞こえない。なにかの呪文《じゅもん》か、お祈《いの》りの言葉みたいになってる。

パパの声が小さくなった。たぶんリビングに移動《いどう》したんだろう。なんて言ってるかはもう聞こえない。こっそりキッチンに出ていって盗《ぬす》み聞《ぎ》きしようかとも思ったけど、そのとき急に、パパが叫《さけ》ぶような声を出した。

「児童精神科《じどうせいしんか》？」

わたしの全身が凍《こお》りついた。児童精神科《じどうせいしんか》。それがなんなのかはよく知ってる。子どもが通う精神科《せいしんか》。心の病気の病院。ママが行ってたところ。そんなところ、ぜったい行くもんか。わたしは病気じゃない。頭も心も病気じゃない。

パパの声。ところどころだけど、なんて言ってるか聞こえてくる。

「うん……たしかに、そうかも……児童精神科《じどうせいしんか》ね……心配で」

ふっと静《しず》かになって、パパが電話を切ったんだとわかった。やがてテレビの音が聞こえてきた。ピアノの曲。

それからは、何時間も眠《ねむ》れなかった。だって、すごく、すっごく頭にきたから。それに、すごく、すっごく怖《こわ》い。世界じゅうの笑《わら》えるユーチューブ動画を見たって、なんの助けにもならない。

気が変《か》わったっていいじゃん！

それから何日かたって、わたしは放課後《ほうかご》にオッシとお茶することになった。買うのが間《ま》にあわなかったわたしへのプレゼントを渡《わた》すためってことで、地下鉄のスカンストゥル駅で待ちあわせした。茶色くなった雪が、歩道の端《はし》に寄《よ》せてあって山になってた。

オッシといっしょに歩いてると、いつもちょっと誇《ほこ》らしい気持ちになる。だって、オッシはロックスターみたいに見えるから。ギラギラのファスナーが千個《こ》はついてる黒の革《かわ》ジャンに、紺色《こんいろ》のタイトなデニムで、足元はごついブーツ。きょうはグレーの分厚《ぶあつ》いセーターの下から、トランプのマーク、つまりクラブ、ダイヤ、ハート、スペードの模様《もよう》の入った白いシャツがのぞいてる。それと、もちろん、髪型《かみがた》ね。エルヴィス・プレスリーの髪型《かみがた》。

〈トワング〉ってお店に入ったんだけど、オッシはそこにいる人たちをみんな知ってるみたいだった。ほんとに知りあいなのかどうかはわからない。オッシは知りあいであってもそうじゃなくても、だれとでもおしゃべりする人だから。どんな人が相手でも会話を始められる。どんな話題でも！

いかにもオッシなエピソード、三つ――

1. ある日、オッシはバス停《てい》で、ひとりぼっちで待ってたインゲヤードって名前のおばあさんと、ゼラニウムの話を始めた。オッシはゼラニウムのことなんてなんにも知らなかったけど、ゼラニウムについて思うところはいろいろあった。オッシはだいたいどんなことについても、なにかしら意見を持ってる人だからね。それ以来《いらい》、ふたりは大親友みたいになっちゃって、オッシは週に一回はインゲヤードのおうちに遊びに行ってる。で、ランチをごちそうになる(オッシは食事を忘《わす》れるタイプなので、これは助かってるみたい。ほら、ADHDだからさ！)。オッシは電球を替《か》えてあげたり、リサイクルごみを捨《す》てに行ったり、鳩時計《はとどけい》のねじを巻《ま》いてあげたりする。これでインゲヤードもオッシも、どっちも大満足《だいまんぞく》ってわけ！

2. またべつの日、オッシはトイレ待ちの行列で、いっしょに並《なら》んでた男の人と、ロックンロールやエルヴィス・プレスリーの話を始めた(その人がオッシの髪型《かみがた》をほめたのがきっかけらしい)。その人はなんと、自分のアパートを売って世界一周《いっしゅう》の旅に出る計画をたてた。で、オッシがいい人だからっていうんで、エレキギターを五本、オッシに譲《ゆず》ることにした。五本だよ！　オッシはだいたいいつもお金がないんだけど、こうしてエレキギターを五本手に入れたわけ。弾《ひ》けもしないギターをね。ロックスターみたいに見えるくせして、音楽の才能《さいのう》はこれっぽっちもないんだから。で、もらったギターには何万クローナ*もの価値《かち》があるらしい。パパはオッシに、おれから金を借《か》りるまえにあれを売ったらどうだ、って言ったけど、オッシは、人からもらったものを売るわけにはいかない、って。壁《かべ》に飾《かざ》ってるとカッコいいし、とも言ってた。それにはわたしも賛成《さんせい》。とくにミントグリーンのやつが、ぶきみなくらいカッコいい。

3．またべつのある日、オッシは公園で、ちっちゃな犬を散歩《さんぽ》させてる男の人としゃべりはじめた。その人のうしろには、黒いスーツを着て黒いサングラスをかけた、まじめくさった顔のたくましい男の人がふたりいて、体をこわばらせてまわりをじろじろ見てた。で、どういうわけか、オッシはその小さい犬を連《つ》れた男の人と、シールのはがしかたについて話しはじめた(どうしてその話題になったのかは謎《なぞ》)。その人の子どもがドアにシールをべたべた貼《は》りまくっちゃって、それがはがせないっていう話だった。それでオッシは、シールはがしに使えるガソリンみたいなのがあるって教えてあげた。男の人はすごくありがたがって、オッシと握手《あくしゅ》した。それから何日かあと、オッシがうちに来てテレビを見てて、ニュース番組が始まったときに、オッシがいきなり、「あいつとこのまえ話したよ」って言った。それで、公園でオッシが立ち話をしたのが、なんと首相だったことがわかった。十五分は話してたのに、首相《しゅしょう》が首相《しゅしょう》だってことがわからないなんて、ってパパは頭をかかえてたけど、オッシは政治《せいじ》にあんまり興味《きょうみ》がない。「それに、ほとんどずっと犬をなでてたし」だって。わたしも動物好《ず》きだから、オッシの気持ちはわかる。まあ、オッシがなでてたのが首相《しゅしょう》だったとしたら、もっとおもしろかったと思うけど。

＊＊＊

オッシが人と話しはじめると、たいていはおもしろいんだけど、たまにじれったくてしかたがない。だって、ゼラニウムおばあちゃんとかギターマニアとか首相《しゅしょう》とかが通りかかるたびに、七十年はおしゃべりしてるからね。なにをするにも時間がかかるんだ。

でも、きょうはレジにいる金髪《きんぱつ》の女の人と五分しゃべっただけだから、オッシにしては短いほうだったと思う。もう五時になったからいいんだって言って、オッシはビールを注文して、わたしはコカコーラと、砂糖《さとう》たっぷりの巨大《きょだい》な菓子《かし》パンを買ってもらった。席《せき》につくと、オッシが布《ぬの》バッグから包《つつ》みを出した。馬の模様《もよう》の紙に包《つつ》んである。自分でラッピングして、それから何日かバッグに入れっぱなしだったことが、ひと目でわかる。紙に穴《あな》があいてるところも一か所あった。

「ありがとう!」わたしは言った。

「どういたしまして!」オッシはそう言って、ビールをぐびりと飲んだ。

ファスナーだらけの革《かわ》ジャンをぬいで、椅子《いす》にかけてる。足ががくがく上がったり下がったりして、床《ゆか》をドンドン踏《ふ》み鳴《な》らしてる。包《つつ》みを開くと、出てきたのは茶色い革《かわ》のリードだった。

わたしはびっくりしてオッシを見た。

「これ……」

「うん?」

「……犬、飼《か》わないんだけど」

「へっ?」

「うん……だって……言ったじゃん? このまえ」

「ああ、あれか、本気だなんて思わなかったよ!」

「どうして?」

「飼《か》いたいって、ずっと騒《さわ》いでたじゃないか、生まれてからずうっと！　毎日だよ。〈わんわん〉って言えるようになってから、ずっと犬の話ばっかり聞かされてきた。ほら、最初《さいしょ》の言葉だっただろ、〈わんわん〉！」

「三番めだけど……」

「ワンコがどうの、犬種《けんしゅ》がどうの、世話のしかた、飼《か》ったらどんなにかわいがってやるか、そんな話ばっかりしてて……それなのに……なんだよ、どういうことだよ!?」

「気が変《か》わることだってあるじゃん！」

「そりゃまあ、そうだけどさ……」

「ありがとう、すっごくありがたいと思ってるよ、オッシ、ほんとにすっごく。でもね……あの犬を飼《か》うことはない。だから、これはいらない。でも、ほんとに、ありがとう」

わたしはテーブルの反対側《はんたいがわ》にリードを押《お》しかえした。

「そっか、でも、じゃあ、どうするんだろうな？　あの犬。アッベがもう予約《よやく》してるんだろ？　金も払《はら》ってるんじゃないかな。何千もさ」

そんなこと、考えもしなかった。パパがお金を払《はら》ったかもしれないなんて。キャラメル色の、コッカースパニエルの仔犬《こいぬ》を思いだす。だれかほかの人が、あの子の飼《か》い主《ぬし》になるんだ。胸《むね》が痛《いた》い。ほんとうに、心臓《しんぞう》が痛《いた》い。

「わたしにきかないでよ！　だれかほかの人が飼《か》うんでしょ！」

「おいおい！　わかったから。怒鳴《どな》らなくたっていいだろ」

オッシがわたしを止めようとするみたいに両手を上げる。わたしはオッシと目を合わせたくなくて、菓子《かし》パンをがつがつ食べた。オッシはあごを引いて、ビールをひと口飲んでから、真剣《しんけん》な顔でわたしを見た。

「サーシャがそれでいいんなら、それでいいんだ」

「うん、それでいいの」

何メートルか離《はな》れたところで、さっきレジにいた金髪《きんぱつ》の女の人が、食器《しょっき》を片《かた》づけてテーブルを拭《ふ》いてる。オッシのことをちらちら見てる。カッコいいって思ってるんだろうな。みんなたいていそう思うんだ。でも、オッシはなんにも気づいてない。代わりに、こう言った。

「あのな、このリードは返品しても、金はもどってこない。でも、ほかのものと交換《こうかん》はできる。だから、これを買ったペット用品の店にあるものなら、なんにでも交換《こうかん》していいぞ。猫《ねこ》のエサとか。おがくずとか。水槽《すいそう》の砂《すな》とか！　なんでも！」

わたしは笑《わら》った。

「おお、それはいいね。水槽《すいそう》の砂《すな》、ずっと欲《ほ》しかったんだよね」

「それか……犬用のガムとか、電池で動くネズミのおもちゃとかは？」

「いいこと思いついた！　爪研《つめと》ぎ板《いた》がいい！　それか、鳥のえさミックス！」

オッシが大声で笑《わら》ったもんだから、さっきの女の人とお客さんの何人かが、わたしたちのほうを向いた。

「おまえって、おもしろいな」とオッシが言う。

「ほんとに？　そう思う？」

いまの話をネタにして、なんか笑《わら》えるジョークつくれないかな？　わたしはフラミンゴのノートをバッグから出して、白紙のページを開いた。

「もちろん！　おれが知ってる子どものなかじゃ、余裕《よゆう》でトップだよ！」

おなかのあたりがあったかくなる。ノートに〈ペット用品のお店で品物を交換《こうかん》する〉と書きながら、わたしは、ひょっとしてわたしにもおかしな骨《ほね》があったりするのかも、と考えた。けど、ふと思いだした。

「ちょっと待った！　オッシ、子どもの知りあい何人いる？」

「ふむ……そうだな、えっと……一人……二人……いや、一人か。おまえだけだな」

オッシはそう言って笑《わら》った。

「もう！」わたしはオッシの腕《うで》をぴしゃっとたたいてやった。

オッシはわたしの菓子《かし》パンをひとかけら取って、なにやら考えこみながらもぐもぐかんだ。

「じゃあ、代わりになにが欲《ほ》しい？　ぴったりの爪研《つめと》ぎ板《いた》が見つからなかったらさ」

「うーん……」

わたしはしばらく考えた。窓《まど》の外を見ると、ベビーカーを押《お》してるお母さんがちょうどそばを通った。その横で、小さい子がペダルのない自転車にまたがって、よろよろ走ってる。さっきテーブルを片《かた》づけてた女の人も外に出てて、入り口の前の歩道に積《つ》もった雪や砂《すな》を、慣《な》れたようすでテキパキほうきで払《はら》ってる。そのときだ。人生で三回ぐらいしか来ないかもしれない最高《さいこう》の思いつきが、わたしのもとにやってきた。

「あのね。わかった。コメディアンになるのを手伝《てつだ》ってほしい！」

「えっ？……なんになるって？」

「コメディアン！　スタンダップ・コメディアン！　わたし、コメディアンになるの。だから手伝《てつだ》ってほしい。コメディ・クイーンになるのを手伝《てつだ》って！」

オッシはまるでわたしに催眠術《さいみんじゅつ》をかけようとしてるみたいに、じいいいいっとわたしを見た。いつもがくがく動いてる足すらも、いまは動いてない。

「いや、そりゃな、おれはお笑《わら》いの才能《さいのう》にあふれてるけどさ」オッシは言った。「スタンダップを教えるとか、そこまではなんとも……」

「ちがう、ちがう、そうじゃなくてさ。オッシは教えなくていいの。そうじゃなくて、えっと……そうだなあ。たとえばだけど、教えてくれるコメディアンを見つけるとか？」

そう言ったら、オッシはまるで生きかえったみたいになった。

「なるほど！　いや、どうしたら役に立てるか、細かいところまではまだわかんないけどさ。ほんとにそれがプレゼントでいいんなら、本気でやってみるよ」

「うん、それがいい！」

わたしが手をさしだすと、オッシはわたしの手を握《にぎ》って握手《あくしゅ》した。すごい力でぶんぶん振《ふ》るもんだから、いつもは石みたいに固《かた》めてあるエルヴィス・プレスリーふうの髪《かみ》の毛《け》も、いっしょになってぶんぶん揺《ゆ》れた。

「けど、パパには内緒《ないしょ》だからね。約束《やくそく》して！」わたしは言った。

「どうして？」

「びっくりさせたいから！」

パパはまた幸せになるんだ。わたしが幸せにするんだ！

「わかったよ」オッシは立ち上がると、口のはしっこにタバコをつっこんだ。「内緒《ないしょ》にしといてやる。タバコにつきあってくれるんなら」

「わたし、タバコ吸《す》っちゃいけないんだけど」

「ハハハ、おもしろいおもしろい」オッシはつまらなそうに言った。「いいからつきあえって！」

オッシはわたしが知ってるだれよりもさびしがりやだ。タバコを吸《す》う五分のあいだだけでも、ひとりぼっちになりたくないわけ。わたしはジャケットを着た。

「やったあ。きょうは氷点下の屋外で、ぐちゃぐちゃの雪の上に立って、タバコの煙《けむり》を顔に浴《あ》びたいって、朝からずっと思ってたんだよね」

「ラッキーじゃないか、よかったな」

＊　スウェーデンの通貨《つうか》単位《たんい》。

明るくてふつう

わたしたちは児童精神科《じどうせいしんか》の待合室で、やたらと青いソファにすわってる。少し離《はな》れたすみっこに、やっぱりやたらと青い椅子《いす》があって、長い黒髪《くろかみ》の男の子がすわってる。大きな赤いヘッドホンをつけて、音楽に合わせて頭を揺《ゆ》らしてる。どうやら耳鳴りをゲットしたくてたまらないらしい。ここからだって音楽が聞こえるもん。

わたしはとにかく頭にきてて、しゃべるのもひと苦労《くろう》だ。でも、それを表《おもて》に出すつもりはない。戦略《せんりゃく》は立ててある。わたしが世界一明るい人だってことをわからせてやる。いまのわたしほど健康《けんこう》で元気な人なんて、あとにも先にもいないんだってことを。きょうの服装《ふくそう》は、誕生日《たんじょうび》にもらったデニム(赤いのと交換《こうかん》してもらった)と、白と青のストライプのTシャツ。めっちゃふつうの服だけど、それなりにカラフルだと思うから。わたしはにっこり笑顔《えがお》になると、スマホのカメラで自分の顔をたしかめた。ちょっとこわばってる感じ。目を見開きすぎだ。もっとやわらかい、自然《しぜん》な笑顔《えがお》を心がけよう。目がピンポン玉みたいにならないように。

「なにやってんだ？」いきなりパパが言った。

あーあ、いまならだいじょうぶだと思ったのにな。ついさっきまで、パパは爪水虫《つめみずむし》についての超《ちょう》つまんないパンフレットに没頭《ぼっとう》してたから。

「自撮《じど》り」とわたしは言って、写真を撮《と》った。

「ここで？……児童精神科《じどうせいしんか》だぞ？」

「えっと……いけない？　べつにおかしくないでしょ？」

けど、心のなかでは、たしかにまあちょっとおかしいと認《みと》めるしかなかった。

そのとき、金髪《きんぱつ》ショートカットの若《わか》い女の人が戸口にあらわれた。ぶかぶかのカーゴパンツをはいてて、その上のTシャツには、すっごくうれしそうな顔をしたソーセージが、同じくらいうれしそうな顔のタコスとハイタッチしてる絵が描《か》いてあった。タコスからは、ひき肉やシュレッドチーズやトマトのみじん切りがあふれ出てる。

「サーシャ？」

女の人が問いかけるような顔でわたしを見る。わたしもはてなマーク付《つ》きでその人を見た。だって、この人がわたしになんの用があるっていうの？　すると女の人は問いかけるようにパパのほうを見て、パパも同じはてな顔で女の人を見た。それでわたしもはてな顔でパパを見て、パパもおんなじ顔でわたしを見た。なにが起きてるのか、だれにもわかってない。ヘッドホンの男の子も、はてなマークを飛《と》ばしながら、わたしたち三人をながめてる。

「ええと、あなたが……その……」パパがしどろもどろになってる。

「はい、リンです」と女の人が言った。「心理士《しんりし》の」

「ああ！ そうですか！」パパが言った。

そりゃさ、わたしだって、自分の担当《たんとう》になる心理士《しんりし》の人が、グニラとかそういうお年寄《としよ》りっぽい名前で、白髪頭《しらがあたま》の百歳《さい》のおばあちゃんだろうとは思ってなかったけどさ。それにしたって、こんなに若《わか》い心理士《しんりし》っているの？ あんな笑《わら》えるTシャツを着た心理士《しんりし》が？ これ、法律違反《ほうりついはん》ってことない？ あんなTシャツじゃ、うつ病の患者《かんじゃ》さんに失礼《しつれい》とかないわけ？ いや、わたしはぜんぜんうつ病じゃないからね、ぜんっぜん問題ないけど。

パパもわたしも立ち上がったのは同時で、べつにふたりともそんなつもりはなかったんだけど、一刻《いっこく》も早くリンのもとへたどり着こうとして競走《きょうそう》してるみたいになった。ビヨンセに会って大興奮《だいこうふん》、みたいな。言っておくけど、わたしはべつに興奮《こうふん》してなくて、燃《も》え尽《つ》き症候群《しょうこうぐん》のナマケモノ並《な》みにやる気ゼロだったんだからね。それでも先にたどり着いたのはわたしだった。わたしはリンと握手《あくしゅ》して、言った。

「シャーサ、いや、サーシャです！」

ちょっと待った、いまわたし、自分の名前の発音まちがった？　こんなことってありえる？わたしにとっては人生初《はつ》だよ。まあ、すごく小さかったころは、自分のことをボイボイって呼《よ》んでたけどね。理由は謎《なぞ》。

自分の名前をまちがえるという妙《みょう》ちくりんなミスを埋《う》めあわせるため、わたしはこうつづけた。

「お会いできてうれしいです！」ほんとにうれしそうな声が出せたと自分では思う。おばあちゃんなら〈おきゃん〉とか言いそうな声。

パパはへんな顔をしてわたしを見てたけど、やがて同じように握手《あくしゅ》しようと、リンに片手《かたて》をさしだした。

「アッベ、いや、アルベルトです」

「こちらへどうぞ」リンはそう言うと、わたしたちの先に立って廊下《ろうか》を歩きだした。

歩きながら、わたしはパパを見て目を大きく見開いて、両方の手のひらを上に向けてみせた。〈どうなってんの、これ？〉って意味。パパは肩《かた》をすくめて、〈いや、パパだってわかんないよ！〉っていう顔でわたしを見た。その瞬間《しゅんかん》、リンがくるりと振《ふ》りかえった。

「ここです！」と言って、半開きになってるドアを指さした。

なかには小さなテーブルがあって、まわりに小さなひじかけ椅子《いす》が四つ置《お》いてあった。すみっこに机《つくえ》があって、窓《まど》から入ってくる日差《ひざ》しが強くてまぶしい。リンが窓《まど》に駆《か》けよってブラインドを下げた。

「ちょっと明るすぎたね！」

「明るすぎるなんてことはないです」とわたしは言った。わたしは明るくてふつうだから、明るくてあったかいものはぜんぶ好《す》きなんだ、たとえば太陽とかね。だって、明るい子って太陽が好《す》きなものじゃん？　だよね？　絵を描《か》かせてもらえるといいな。そしたら太陽を描《か》くつもり。あと、赤い家ね。楽しそうに遊んでる子どもたちも。

わたしはおばあちゃんみたいに、角に置《お》いてあるひじかけ椅子《いす》を選《えら》んだ。おばあちゃんはぜったいに、ドアに背《せ》を向けてすわろうとしない。カウボーイはドアに背《せ》を向けなかった、そんなことをしたら撃《う》たれるから、って言ってる。おばあちゃんはカウボーイからはほど遠いし、おばあちゃんほどピストルで撃《う》たれそうにない人はほかに思いつかないけど、それでも、まあ、このほうが安心といえば安心だ。

「さて、と」全員が腰《こし》を下ろすと、リンが口を開いた。「あらためて、心理士《しんりし》のリンです。アッベ、じゃなくて、アルベルト、お電話くださったときに応対《おうたい》したのはわたしではないんですが、報告《ほうこく》に書かれていたことは読みました。たとえば、サーシャ、あなたのお母さんになにがあったか、わたしは知ってる。自殺《じさつ》で亡《な》くなられたんだよね」

自殺《じさつ》で亡《な》くなられたんだよね

リンが口にしたその言葉が、しばらく宙《ちゅう》にうかんでるような気がした。炎文字《ほのおもじ》みたいに、みんなのあいだに漂《ただよ》ってる。リンの言いかたがわたしの気に入るなんてへんかもしれない。それでも、わたしはいいと思った。いまいち認《みと》めたくないけど。だって、ありのままの事実を言ってくれたから。はっきり言わない人がほんとに多いんだ。ひそひそ声になったりして、わたしには聞こえないと思ってるんだろう。で、ママが〈眠《ねむ》りについた〉とか〈もうこの世にいない〉とか〈旅立った〉とか言う。旅立っただけなら、帰ってこられるはずなのに。

リンはパパと目を合わせて、つづけた。

「お嬢《じょう》さんのことを心配している、というお話でしたよね。お嬢《じょう》さんが、あまり感情《かんじょう》を表《おもて》に出さないから……ということで、合っていますか？」

わたしは、感情《かんじょう》ならたくさん表に出してるってことをわかってもらうために、にっこり笑《わら》ってみせた。ほら、うれしい感情《かんじょう》を出してるでしょ。わたしは明るくてふつうだから。

「ええ、そうです、そのとおりです」パパが言う。

すると、リンはわたしのほうを向いた。

「サーシャ、わたし、あなたのこと知らないでしょう。だから、もしよかったら、ちょっと自分の話をしてもらえないかな。毎日どんなふうに過《す》ごしてるか。放課後《ほうかご》はなにをするのが好《す》きか」

「えっと……はい？」

「もし話しにくかったら、わたしのほうから先に自分の話をしてもいいよ」

「いや、あの、話せますけど、ちょっといま、すっごくトイレに行きたくなっちゃって」わたしはそう言って、にっこり笑《わら》った。

「おい……いま行かないとだめなのか？」パパが言う。

「うん」

「わかった」リンはそう言って立ち上がった。

ドアを開けて、トイレを指さしてくれる。ほんの数メートルしか離《はな》れてない。わたしは立ち上がってささっとトイレに走った。なかに入ると、スマホを出して、グーグルで検索《けんさく》した。

〈明るくてふつうな子どもはなにをするのか〉。使えそうなページはすぐには出てこなくて、ただ、子どもは明るい色が好《す》きっていう記事が見つかった。なにそれ。ばかばかしいにもほどがあるよ！　子どもがみんな、まったくおんなじものが好《す》きって、そんなわけないじゃん。それで、〈明るくてふつうな人がやること〉で検索《けんさく》してみた。それでもやっぱり、いいページは見つからなくて、代わりに、頭のいい人のほうがうつ病になりやすいっていう記事が出てきた。まったくもう、なんなのよ。〈ふつうで明るい十二歳《さい》〉で検索《けんさく》してみたら、ようやくちょっと情報《じょうほう》が出てきた！　わたしはトイレの鍵《かぎ》を開けると、つかんだ情報《じょうほう》を忘《わす》れてしまわないよう、急いで部屋にもどった。なかに入ると、パパもリンも顔を上げてわたしを見た。

「さて」わたしは腰《こし》を下ろすまえに口を開いた。「自分の話をするんですよね。えっと、わたしは、すごくふつうだと思います。明るくて、ふつうです。ふつうのことをするのが好《す》きです。たとえば、合唱《がっしょう》とか。楽しいです」

パパがびっくりした顔をしてる。

「えっ……合唱《がっしょう》なんかやってたっけ？」

「やってないけど、始めようと思ってるの！」

「なるほど」リンが言った。「合唱《がっしょう》をやりたいと思ってるのね。でも、いまはどんなことしてるの？　放課後《ほうかご》とか、土日とか」

「お菓子《かし》づくりが好《す》きです！　とくに、ドーナツをつくるのが」

これはほんとうだし、わりとふつうじゃないかと思う。ドーナツのジョークを言ってみようかとも思ったけど、それはちょっとふつうじゃないと思われかねないから、やめておいた。

「お菓子《かし》づくりね、わたしも好《す》き」リンはそう言ってにっこりした。

「庭仕事も」とわたしは言った。「気持ちいいです」

「おいおい、サーシャ。うちには庭もないってのに」パパが言う。

「だから、あったらいいなって思ってるの！　あったらすごく楽しいと思う！　いや、いまだってじゅうぶん楽しいけど。あとはなんだろう？　マッタといっしょにいるのが好《す》きです、親友なんです」

「そうなんだ」リンが言う。「マッタのどこが好《す》き？」

「いちばん好《す》きなのはたぶん、マッタがすごく明るいことだと思います！　あと、ふつうなこと」

部屋のなかが静《しず》かになった。パパは、わけがわからんって顔になってる。

「なるほど」とリンが言った。「じゃあ、サーシャ自身のことを少し教えてくれない？　サーシャはどんな人かってきかれたら、なんて答える？」

「わたしも明るくてふつうです。だからマッタとすごく気が合うんだと思います」

パパは額《ひたい》に手をあてて目を閉《と》じた。とっても疲《つか》れた顔をしてる。

「もしできたら……明るくてふつう、以外《いがい》の言葉を使ってみてくれないかな」リンが慎重《しんちょう》に言った。

「うーん、そうだなあ、わたし、いろんな色が好《す》きです。カラフルな色。あと、頭はあんまりよくないです。はっきり言って、脳《のう》みそスカスカです」

＊　＊　＊

病院を出たわたしは大満足《だいまんぞく》だった。これですぐに患者《かんじゃ》リストから消してもらえるにちがいない。わたしがどんなに元気で、どんなにふつうか、ちゃんと伝《つた》わったはずだから。パパはどういうわけか、あんまり満足《まんぞく》げではなかった。けど、なにも言わない。ただ、メガネのフレームの上からわたしを見て、なにやら考えこんでる。

「庭仕事が好《す》きだって？」パパが言う。

「うん」

「初耳《はつみみ》だな」

グレーの長方形

わたしは自分の部屋の床《ゆか》にすわって、マッタからもらったノートに向かってる。フラミンゴの輪郭《りんかく》を指でたどってみる。パパはお墓《はか》に行ってる。わたしは行けないって言ったときの、パパのがっかりした目。でも、ほんとに行けないの。無理《むり》。体が耐《た》えられない。

おもしろいネタを書かなきゃって思うのに、おもしろくないことしか思いうかばない。あの仔犬《こいぬ》。わたしのものにならない、ちっちゃな仔犬《こいぬ》。いま生後五週間だ。わたしはノートを開いて、セットアップやパンチライン、大ウケについて書いたことを読んだ。ページをめくる。シャーペンを押《お》しつけすぎて芯《しん》が折《お》れてしまった。カチカチ押《お》して芯《しん》を出す。書く――だいきらい。そこに重ねて、同じ文字を、一度、二度、三度、もう何度めかわからなくなるくらいくりかえして、書いた。黒っぽいグレー、鉛筆色《えんぴついろ》の、太い文字。

書いた言葉を読む。だいきらい。

わたしははっとした。シャーペンのてっぺんについてる、あんまり役に立たないかさかさの消しゴムで、ぜんぶ消そうとしたけど、鉛筆色《えんぴついろ》のグレーが広がっただけだ。わたしはそのページを破《やぶ》りとった。ぐしゃっと丸めて、ゴミ箱に捨《す》てた。ベッドに寝《ね》そべって、重苦しさを押《お》しのけようとする。5．考えすぎない(できればなにも考えない)。けど、それは押《お》しかえしてくる。むりやり、ぐいぐい押《お》しかえしてくる。

ママ。パパが電話してきたときね、わたし、リリエホルム橋を渡《わた》ってるところだったの。朝の八時で、まえの夜はシンケンスダムのおばあちゃんちに泊《と》まってた。パパは夜中じゅうずっと、外に出てママを探《さが》してた。パパと、オッシと、警察《けいさつ》の人たちみんなで。ママがいなくなってから、二十七時間と十八分がたってた。で、わたしは学校に向かってる途中《とちゅう》だった。無理《むり》して行かなくてもっておばあちゃんには言われたけど、わたしは行きたかった。ぜんぶがいつもどおりな場所に行きたかった。わたしのジャケットは薄《うす》すぎて、風が生地《きじ》をつきぬけてきた。パパの声は弱々しかった。よく聞こえなくて、スマホの音量《おんりょう》を最大《さいだい》にしないといけなかった。でも、パパがなにか言うまえから、わたしにはもうわかってた。声を聞いただけでじゅうぶんだった。体に電流が流れたような感じだった。心臓《しんぞう》に、びりっ、って。橋の手すりをつかまないと立っていられなかった。下を流れる水は黒っぽかった。うしろを車がびゅんびゅん走ってた。何台も何台も、つぎつぎと。きれいでもなんでもない、シルバーグレーの車ばっかり。雨水のしぶきがかかった。あんなに寒い思いをしたのははじめてだったと思う。オッシが迎《むか》えに行くからな、ってパパは言った。そこから動くんじゃないぞ、って。わたしは動かなかった。ねえママ、ときどき思うんだけど、わたし、まだあの場所から動けてないのかも。

わたしはスマホをつかんだ。ユーチューブのアプリを立ち上げる。お気に入りのコメディアンの名前で検索《けんさく》して、動画を再生《さいせい》した。なのに、どうしてもゴミ箱のほうに目が行ってしまう。だいきらい。

ばっと飛《と》び起《お》きる。三歩、だだっと駆《か》けよって、丸めた紙をゴミ箱から拾い上げた。広げる。こんなことが書いてあるなんて耐《た》えられない。だって、こんなのうそだもん。わたしはシャーペンをつかむと、〈きらい〉に線を引いて消した。力をこめて、がしがし消した。黒ずんだグレーの太い線。やがてそれはグレーの長方形になった。なにが書いてあったか、もうわからない。〈だい〉、グレーの長方形。その長方形の下に、わたしはちっちゃな、ちっちゃな文字を書いた。〈す〉と〈き〉。

紙を折《お》って、紙飛行機《かみひこうき》にした。しわしわの紙だとなかなかむずかしい。いい紙飛行機《かみひこうき》のつくりかたはオッシに教わった。どういう紙飛行機《かみひこうき》だと、いちばん遠くまで飛《と》ぶか。わたしは窓《まど》を開けた。冷《つめ》たい空気がおそいかかってくる。ちょうど太陽が沈《しず》んだところで、光は紺色《こんいろ》というか、紫《むらさき》に近かった。

わたしは肩《かた》のうしろへ腕《うで》を引いた。投げるときの力かげんがだいじらしい。弱すぎるとだめだし、強すぎてもだめ。わたしは持ちかたを変《か》えて、親指と人差《ひとさ》し指《ゆび》で紙飛行機《かみひこうき》をつまんだ。そうして、ちゃんとコントロールされた動きで腕《うで》を振《ふ》って、紙飛行機《かみひこうき》を飛《と》ばしてやった。やさしい風が飛行機《ひこうき》をとらえて、上に引っぱり上げてくれた。飛行機《ひこうき》が木々のあいだを優雅《ゆうが》に舞《ま》っていく。どこに着地したかは見えなかった。わたしは飛行機《ひこうき》が消えたあたりを、長いあいだ、じっと見つめてた。

三者面談なんか面倒《めんどう》

　わたしとパパは三者面談に向かってる。風が強くて、束《たば》になったつららで顔をぴしゃぴしゃたたかれてるみたい。つまり、あんまり心地《ここち》いい天気じゃないってこと。なのに、パパは巨大《きょだい》なヘルメットをかぶって、街《まち》の反対側《はんたいがわ》からえっちらおっちら自転車こいでやってきたもんだから、めっちゃ暑そうにしてる。緑のダウンジャケットの前を開けて歩いてるし、顔がどぎついピンクに染《そ》まってて、ショッキングピンクの蛍光《けいこう》マーカーですらまだまだって思うくらい。わたしはがたがた震《ふる》えてるのにね。髪《かみ》をばっさり切っちゃったせいで、首のうしろがすごく寒い。気温はマイナス七度、きのうもきょうも雪が降《ふ》った。四月にはこれまでのところ、ずいぶんがっかりさせられてる。

「いやあ、楽しみだな！」パパが言う。やる気たっぷりの、うれしそうな声だ。

「そんな楽しみにすることでもないと思うけど」わたしはそう言って、手袋《てぶくろ》をはずした。

あんまり期待《きたい》しないでほしい。わたしは雪をひとつかみ手に取って、雪玉をつくった。グレーがかった日の光に照《て》らされて、雪の結晶《けっしょう》がきらきら輝《かがや》く。表面がわたしの手のなかでとけていって、氷っぽくなってつるつるすべる。やがてほぼまんまるの雪玉ができた。

「なんだなんだ、どうしてそんなこと言うんだ？　楽しみに決まってるだろ！　今年からセシリアが担任《たんにん》になったわけだし。ボッセとの三者面談、あれ、冗談《じょうだん》かと思ったよ」

わたしは笑《わら》いだした。

「そうだね、わたしがだれなのかも、わかってるかどうか怪《あや》しかったよね」

「ああ、まったくな」

パパは笑顔《えがお》になって、やれやれとかぶりを振《ふ》った。

「おまえのこと、なんて呼《よ》んでたっけ？　ハンナだっけ？　ヨハンナだったかな？」

わたしはボッセのまねをして、あごひげをぽりぽりかくふりをした。ボッセは頭がこんがらがるとあごひげをかくのがくせで、いつも頭がこんがらがってたから、いつもあごひげをかいてた。テューラは、ダニでもついてんじゃないの、なんて言ってたけど、ダニがつくのって動物だけだよね？　マッタは、乾癬《かんせん》っていう病気かも、ってわたしに耳打ちしてきた。もしそうだとしたら、それはすごくかわいそうなことだ。いじわるを言うのはよくない。

「ボッセのまね。ぼそぼそ、ぼりぼり。『ハンナは算数と国語の成績《せいせき》がとても伸《の》びましたねえ』。で、ママがむすっとして、『ええ、ハンナがよくがんばったのはわかりましたけど、そろそろサーシャの話をしません？』」

パパとわたしは、あのときのことを思いだして大笑《おおわら》いした。それから目が合って、まるでだれかがスイッチを押《お》したみたいに、ふたりとも同時に黙《だま》りこんだ。

ママ。急ぎ足で学校に入っていくママの姿《すがた》。ヒールの音が階段《かいだん》にひびきわたる。つやつやの茶色い髪《かみ》はポニーテールにまとまってる。どんな服着てたっけ？　黒いコートだったのはまちがいないけど、そのほかは？　あんまり覚《おぼ》えてない。白いブラウスだったかな？　グレーのパンツ？　それがママにとっての〈カラフル〉だったわけ。白と、グレー。お化粧《けしょう》する気がまだあったころには、赤い口紅《くちべに》もつけてたな。ママはいつも、すごくおしゃれだった。わたしはそう思ってた。世界でいちばんきれいなママだって。

パパが目をそらす。咳払《せきばら》いをしてから、表面が凍《こお》ってきらきらしてる街灯《がいとう》の柱に、自転車を立てかけた。

「まあとにかく、楽しみだよ。セシリアがどんな話を聞かせてくれるか！」パパはやたらと元気な口調で、そうくりかえした。ママの姿《すがた》を消すためだったのかもしれない。

だって、パパもいま、まちがいなくママのことを思いだしてるんだろうから。

自転車の鍵《かぎ》がなかなかかからない。どぎつい緑色の、ぐちゃぐちゃにからまったワイヤーと、ふつうの南京錠《なんきんじょう》なんだけど、うまくいかないみたい。

「セシリアはあんまり話さないと思うよ。わたしが進行役だから」

「なんだって？　どうして？」パパは疑《うたが》ってるみたいな口調だ。

「知らないよ。そういうもんなの。みんなそうなの」

「みんな？　みんなって？」

「クラスのみんな、ストックホルムのみんな、いや、スウェーデンのみんなかも？　知らないけど」

「でも、どうして？　くそっ、この鍵《かぎ》！　凍結《とうけつ》しちまったのかな」

雪玉はいまや完璧《かんぺき》なまんまるだ。両手を丸めるとぴったりおさまる大きさで、石みたいに硬《かた》い。雪と、ムチみたいに吹《ふ》きつける冷《つめ》たい風のせいで、指がしめって冷《つめ》たく、真っ赤になってきた。

「わたしのためになるから？　わたしたちのためになるから？　責任感《せきにんかん》をやしなうためとか？　知らないってば」

「セシリアは理由を教えてくれなかったのか？」

わたしは思わずうめいた。

「教えてくれてたのかもしれない、で、わたしはちょうどそのときトイレに行ってたのかも。知らないって言ってるじゃん。そろそろなかに入らない？」

「鍵《かぎ》がかからないんだよ」

パパが困《こま》りはてた顔でわたしを見る。けど、まんまるの巨大《きょだい》なヘルメットをかぶってるもんだから、いまいち真剣《しんけん》に受けとめる気になれない。オッシはパパのヘルメットのことを、昔のサーカスでピエロがかぶってたやつみたいだ、それかぶって大砲《たいほう》で飛《と》ばされる(で、運がよければ網《あみ》で受けとめてもらえる)んだよ、って言ってた。それか、ボウリングのボールだな。見た感じが似《に》てる。古いどころか、アンティークって言ってもいいようなヘルメットで、パパはこれをリサイクルショップで買ったんだ。

「自転車、なかに持ちこんでもいいかな。どう思う？」

「えっ、教室に？　そりゃないでしょ。柱にくくりつけるとかじゃだめなの？」

「結《むす》び目《め》をほどくくらい、泥棒《どろぼう》にだってできるんだが……」

「なら、すっごく複雑《ふくざつ》な結《むす》び目《め》にしとけばいいじゃん！　そしたら少なくとも、ほどくのに時間がかかるでしょ」

「わかったよ」

パパは言うことをきかないワイヤーをぐいぐい引っぱりはじめた。結《むす》んで、また結《むす》んで、とりあえず縦結《たてむす》びにはなった。けど、ワイヤーの端《はし》についてる輪《わ》っかのせいで、蝶結《ちょうむす》びで自転車をくくりつけたみたいに見えた。これはこれで、けっこういい感じ。作業をすませたパパの顔は、ショッキングピンクからいちごみたいな赤に変《か》わってて、メガネのレンズが白く曇《くも》ってた。

十メートルぐらい離《はな》れたところにある小道を、学校で見かけたことのある男の子が歩いてる。一年か、二年下かな、わかんないけど。犬の散歩《さんぽ》だ。黒のラブラドール。まだ成犬《せいけん》にはなりきってないみたい。わりと小さいし、ちっとも落ちつきがない。雪に鼻をつっこんで、ふんって鼻を鳴らして、ぐるぐる走りまわって、吠《ほ》えて、わくわくした顔で飼《か》い主《ぬし》の男の子を見てる。男の子は笑《わら》い声《ごえ》をあげて、棒《ぼう》切《き》れを遠くへ投げた。

「ほうら、シーフェン、取ってこい！」

シーフェンは、口の端《はし》からはみだしたピンクの舌《した》を、ひらひらさせながら走っていった。心がぎゅっと締《し》めつけられる。２．生きものの面倒《めんどう》をみようとしない。

わたしはまんまるの雪玉を、入り口のそばの雪をかぶった切《き》り株《かぶ》の上に置《お》いた。出てきたときに、あれがまだあそこにあったら、それはわたしの決断《けつだん》が正しかった、これでいいんだ、っていうしるし。

教室に入ると、すみっこにテューラがすわってて、お父さん、お母さんと話をしてた。べつのすみっこにはニッセがいて、お母さんとセシリアもそこにすわってる。テューラは茶色い巻《ま》き毛《げ》をひと房《ふさ》、指にはさんでくるくる巻《ま》きながら、おばあちゃんがよく言う〈飼《か》い猫《ねこ》がつかまえて引きずってきた獲物《えもの》を見るような目〉でわたしをにらみつけた。でも考えてみたら、猫《ねこ》につかまって引きずられてくるのって、なかなか悪くない気もする。記憶《きおく》に残《のこ》る登場のしかただよね！

わたしは決められた席《せき》にパパを案内《あんない》した。三者面談用に、机《つくえ》を四つ寄《よ》せてある。わたしは自分のひきだしまで歩いていって、準備《じゅんび》した紙がぜんぶ入ってるフォルダーを出した。議事日程《ぎじにってい》というものがあって、その項目《こうもく》にしたがって進めることになってる。わたしは議事日程《ぎじにってい》って言葉が大きらいだけど、どうしてかは自分でもよくわからない。そういうこともあるよね。ただ単《たん》にきらいな言葉はいくつかあって、ほかのを挙《あ》げてみると——

1．くちゃくちゃくちゃくちゃ（まえにも言ったとおり）

2．デュベ（これ、わかってもらえるよね？　デュベーーー！みたいな。おかしすぎる。〈掛《か》けぶとん〉じゃいけないわけ？）

3．耳たぶ（言わせてもらえるなら、体の一部をあらわす言葉で、これ以上《いじょう》へんな言葉っ

てたぶんないと思う）

で、このリストに加《くわ》わるのが、

4．議事日程《ぎじにってい》。こんなコチコチにこわばった言葉ってある？

セシリアに文句《もんく》を言ったら、〈アジェンダ〉っていう言葉もあるよって教えてくれた。セシリアにはちょっと北の訛《なま》りがあるから、〈アイエンンダ〉みたいに聞こえた。それで、じゃあやっぱり議事日程《ぎじにってい》でいいですってことになった。ちょっと悪かったかもな、悪気はなかったんだけど。わたしはジャケットをぬぐと、最初《さいしょ》の項目《こうもく》を読んだ。〈ご両親にようこそと伝《つた》える〉。ご両親。三者面談の項目《こうもく》をひとつ読んだだけで、こんなに胸《むね》が痛《いた》くなるなんて！

「三者面談へようこそ、パパ」

わたしは歓迎《かんげい》のしるしに両腕《りょううで》を広げてみせた（ちょっとおおげさだったかも）。

これでよし。わたしは太くて黒い線で最初《さいしょ》の項目《こうもく》を消した。

「そりゃどうも」パパが言う。

ちょうど手洗《てあら》い場《ば》のほうで盛大《せいだい》に鼻をかんでもどってきたところで、椅子《いす》を引いて腰《こし》を下ろしてる。わたしはパパを見た。こりゃひどい。顔は真っ赤だし、メガネのレンズは曇《くも》ってるし、ヘルメットは砲丸《ほうがん》みたい。ほんとにサーカスでピエロやってたとしても驚《おどろ》かない。

パパが言う。

「なあ、なんでセシリアはあっちにすわってるんだ？」

わたしはとにかくパパにヘルメットをとってほしくて、パパに目くばせしながら自分の頭を指さした。

「はあ？」パパがぎょっとして、ささやき声で言う。「頭がへんになったから？」

「ちがーう！　ヘルメットとって！　おねがい！」

「ああ！　忘《わす》れてた」パパはそう言って、やっとヘルメットをとってくれた。

「セシリアは参加《さんか》しないの」とわたしは説明《せつめい》した。

パパがびくっと体を引く。どう考えてもおおげさすぎる。

「冗談《じょうだん》だろ？」

「だとしたら超《ちょう》つまんない冗談《じょうだん》だね。ちがうよ」

パパはショックを受けた顔で、わたしをじっと見てる。わたしは説明《せつめい》をつづけた。

「ていうか、来ることには来るよ。もう少ししたらね。でも、最初《さいしょ》からは参加《さんか》しないの」

「どうして？」

パパの声が大きくなったせいで、テューラの一家全員が振《ふ》りかえって、こっちをじろじろ見た。テューラがわたしを見る目ときたら、まるでわたしの口の端《はし》にゲロがついてるとでも言いたいみたい。

わたしはうめき声をあげた。

「そういうもんなの。いいから黙《だま》って」

わたしは議事日程《ぎじにってい》の先を読んだ。〈2．面談をどのように進めるつもりか説明《せつめい》する〉。

「わたしはこの面談を、この議事日程《ぎじにってい》にしたがって進めるつもりです」

「みんなそう言うって決まってるのか？」と、パパ。

「わたしが言ってるだけだけど」

「もっとこう、どんなことについて話すつもりかとかさ、そういうことを言うんじゃないの？　どういう内容《ないよう》かとか」

わたしは本気でむかついてきた。

「もうやめてくれない？　進行役はわたしなんですけど！　いちいちケチつけないで！」

「わかったよ、ごめんごめん。もうやめる」

それからふたりで、わたしの科目ごとの評価《ひょうか》を見た。パパはひっきりなしにセシリアのほうをちらちら見てたけど、それでもちゃんと話を聞いてくれてるみたいで、ほとんど口をはさまなかった。そうこうしているうちに、やっとセシリアが席《せき》を立ってわたしたちのところに来た。きょうの服装《ふくそう》は、いつもよりちょっとだけきちんとしてる。紺色《こんいろ》のデニムに、白いシャツ。セシリアがパパのとなりにすわると、パパは急にすごく満足《まんぞく》そうな顔になった。

「どうですか、うまくいってます?」セシリアが言う。

「もちろんです」と、パパ。

「どこまで進んだかしら?」

「これからわたしの強みと、助けが必要なところについて話します」とわたしは言った。

どこまで正直に言おう? わたしは下唇《したくちびる》をかんだ。

「えっと、わたしの強みは、国語がわりと得意《とくい》なことだと思います。読んだことを理解《りかい》するとか、正しいつづりとか。あとは、議論《ぎろん》するのがわりと好《す》きです。それと、正直に言うと、わたしはけっこうおもしろいと思います。冗談《じょうだん》がうまいです」

パパが咳払《せきばら》いする。

「いや……それはあんまり学校と関係《かんけい》ないんじゃないか?」

「関係《かんけい》あるよ」とわたしは言った。「学校っていうのは、人生の準備《じゅんび》をするところなんでしょ。パパ、そう言ってたじゃん。笑《わら》いって、生きていくうえですごくだいじじゃない? 笑《わら》いのない世界なんて想像《そうぞう》できる?」

「ああ、うちの職場《しょくば》みたいな世界だろうな、たぶん」とパパは言った。

わたしはパパを無視《むし》して、先をつづけた。

「体育もわりと得意《とくい》だけど、ドッジボールはだめです、いちばん苦手。ほかの人に向かってボールを投げつけるのは好《す》きになれないと思います。英語《えいご》も得意《とくい》だけど、授業《じゅぎょう》のおかげってわけじゃないです。あ、ごめんなさい、セシリア、授業《じゅぎょう》が悪いって言いたいんじゃなくて、英語《えいご》が得意《とくい》なのはユーチューブをよく見てるからだと思うんです。社会も得意《とくい》です、政治《せいじ》とかそういうの、おもしろいと思うし、理科も得意《とくい》です、とくに化学！　元素《げんそ》はおもしろくて、興味《きょうみ》あります。ナトリウムとか、マグネシウムとか、原子番号をたくさん暗記してます。こうしてみると、わたし、ほとんどぜんぶの科目が得意《とくい》だな。しかも、すっごく謙虚《けんきょ》！」わたしはそうつけくわえて、自分の冗談《じょうだん》に笑《わら》ってしまった。

「謙虚《けんきょ》って、どういう意味か知ってる？」セシリアが言う。この人には皮肉ってものが通じないらしい。

「はい、だいたいは！　自慢《じまん》しないことでしょ。自分がいちばんとか言わなくて、〈いやいや、わたしの馬の絵なんて話になりませんよ〉とか言うの。ほんとはすごくうまいのに」

「そう！　そのとおり」セシリアが言う。「満点《まんてん》ね」

「でも、あの、さっき謙虚《けんきょ》って言ったのは冗談《じょうだん》で……ぜんぶの科目が得意《とくい》とか自分で言ったから」

「ああ！」セシリアは笑《わら》い声《ごえ》をあげた。「おもしろいわね！」

やっぱり。セシリアにはおかしな骨《ほね》ってやつが一本もなさそうだ。

パパは笑《わら》わなかった。代わりに、セシリアのほうを向いた。

「ほんとうでしょうか？　先生も、この子はよくやってると思われます？」

「ええ、そう思いますよ。勉学については問題ありません。それはほんとうです。でもね。ここ半年は、ちょっとたいへんでしたね。それは言っておかないと。お母さまが旅立ってしまわれてからのことだけれど」

旅立ってしまわれた。また、この言葉。

セシリアがわたしを見る。わたしはふと、自分がオッシみたいに脚《あし》をがくがく揺《ゆ》らしてることに気づいた。体のなかがぞわぞわする。セシリアがこの話を出すとは思ってなかった。表《おもて》に出さないようにがんばってきたのに！

パパがうなずいて机《つくえ》を見下ろす。薄《うす》いベージュの木の机《つくえ》。泣《な》かれたりしたらたまらない。泣《な》かないで。わたしはパパをにらみつけた。レーザー光線を出してるみたいな目。わたしの視線《しせん》で、パパの涙《なみだ》がこぼれ落ちるのを止められるみたいに。

「どういう形であらわれてますか、それは」パパがきく。

「そうですねえ、まえに比《くら》べると、いまはあんまり集中できてないみたい。そうじゃない、サーシャ？　授業《じゅぎょう》をあんまり聞けてないでしょう。考えごとをしてることがよくあるわね。もちろんね、無理《むり》もないことよ。知ってると思うけど、この学校にはカウンセラーもいますからね。それはお父さまにも去年の秋にお話ししましたよね、たしか。最近《さいきん》はどうしていますか？　サーシャ、だれか……気持ちを話せる人はいる？」

セシリアはやさしい顔をしてる。少しだけ首をかしげて。やさしさはあぶない。わたしのなかがぜんぶふにゃふにゃになって、あふれ出そうになる。わたしはごくんとつばをのみこんだ。押《お》しかえす。押《お》しのける。

「ええ」パパが言った。「児童精神科《じどうせいしんか》に通ってます」

わたしはパパをにらみつけ、それからテューラのほうを見た。いまのがテューラに聞こえてたとしたら、わたしは本気でこの教室にある家具をぜんぶ、片《かた》っぱしから倒《たお》してやる。テューラはわたしをぎろりとにらみつけ、テューラのママがいらいらしたようすで時計を見た。セシリアはそろそろこっちに来てもいいんじゃないか、って思ってるんだろう。わたしはそれでいいよ。すぐに行ってくれてかまわない。

「通ってるって」わたしは言った。「一回行っただけじゃん。でも、もう行きません。気持ちを話す必要《ひつよう》なんてべつにないから。悩《なや》んでないもん」

「それはもちろん、あなたがたが決めることだけれど」とセシリアは言った。「いまのサーシャには、宿題を忘《わす》れないようにするのがちょっとむずかしいみたい。宿題だけではなくて、本を読むことそのものにね、いまは苦労《くろう》してるように見えるんです。もしかして……ほかのことをいろいろ考えてしまうのかしら？　家では本を読んでいますか？」

セシリアがパパのほうを向く。パパは窓《まど》に目を向けた。外ではまた雪が降《ふ》りだしてる。パパにとっては、思いもしなかった質問《しつもん》だったみたい。うーんって言いながら考えこんでる。

「どうだろう。どうだ、サーシャ？　本読むの、たいへんか？」

わたしは咳払《せきばら》いをした。ほんとのこと、言ってもいいかな？　やっぱり、正直に言おう。息を吸《す》いこむ。

「たいへんってわけじゃないんです。ただ……あの……ただ単《たん》に、本を読むのはやめることにしたんです」

「なにをやめることにしたって？」パパが言う。

「本を読むのを」

パパとセシリアはわたしを見て、顔を見あわせて、それからまたわたしを見た。

「どうして？　いつ？」

「ちょっとまえ」

「ひょっとして、いまのも冗談《じょうだん》？」セシリアが期待をこめて言う。

「ちがいます」

「そりゃ残念《ざんねん》だ」パパが言った。「けど、わけがわからない。なんだよ、本を読むのを〈やめた〉って」

「わからないって、なにが？　本を読むのはやめたの、それだけ。本はぜんぶね。教科書も、ふつうの本も、説明書《せつめいしょ》とかも、ぜんぶ」

「そうか、じゃあ、また読むようにしなさい」パパが言う。

「やだよ、読まない」

「ねえ、サーシャ」セシリアが、なかなかぴんとこない人（たいていはニッセ）に向かって出す、あのやたらとやさしげな、いかにも先生らしい声で言った。「本を読むのをやめるなんて無理《むり》よ。学校では本を読まなきゃならない。どんな科目を勉強するにしたって、ほぼ例外《れいがい》なく、本を読まないわけにはいかない。人生だって同じよ。さっき言ってたでしょう、人生の準備《じゅんび》をするために勉強するんだって。本を読むことで、どれだけの喜《よろこ》びが得《え》られるか！」

「本を読むことで、どれだけの悲しみが得《え》られるか！　どんな本を読むかによるでしょ？読んでめちゃくちゃ落ちこむ本だってあります」

「それはそうだけど、そういう本を避《さ》けたらいいいんじゃないの？　少なくとも、いまは」

「念《ねん》のため、本はぜんぶ避《さ》けることにしたんです。これからずっと」

「こ、こ、これからずっと?」パパが言う。声が裏返《うらがえ》った。

「うん」

「そりゃ無理《むり》だ。本は読まなきゃいけない。むりやりにでも読ませる」

「むりやりにって、軍隊《ぐんたい》でも連《つ》れてくるわけ?」

セシリアは心配そうだ。

「さしあたり」ゆっくりと言う。「この話はいったん保留《ほりゅう》にしましょう。しばらくたったら、サーシャ、あなたの気も変《か》わるかもしれないしね。六年生*になったら成績表《せいせきひょう》が出るようになるわけだし、ちゃんと合格点《ごうかくてん》を取って進級したかったら、本を読まないわけにはいかないもの。そうでしょ?」

「それはどうでしょう。勉強する方法《ほうほう》はほかにもあるし。ユーチューブとか」

パパが怒《いか》りを抑《おさ》えてるのが伝《つた》わってきた。

わたしはそのあとも、三者面談の項目《こうもく》をひとつずつこなしていって、セシリアはずっとパパのとなりにすわったままだった。わたしの苦手なことについても話をした。なにより苦手なのは算数と、時計の読みかただ。数字って、頭がこんがらがる。算数がいちばんややこしい。時計の読みかたも、いまだにあんまり自信《じしん》がない。とくに二十四時間制《せい》のデジタル時計。どういう目標《もくひょう》を立てたらいいと思うか、パパにきいてみた。時計についてアドバイスが欲《ほ》しかったわけなんだけど、パパはもちろん、こう言ってきた。

「本を読まないなんて、ばかげたことを考えるのをやめたらいい」

そのあとも、なにか質問《しつもん》はありますかってパパにきいたら――

「いつまた本を読みはじめるんだ？」

どうやら本の件《けん》しか頭になくなっちゃったみたい。

わたしたちはいわゆる〈なごやかな雰囲気《ふんいき》〉で面談を終わらせたけど、ほんとになごやかなわけじゃなくて、なごやかなふりをしてるだけだって、耳の聞こえる人ならだれでも気づいたと思う。わたしが席《せき》を立ったあと、セシリアがパパに、あんまりうるさく言わないほうがいいですよ、きっとそのうち気が変《か》わりますから、って耳打ちしてるのが聞こえて、わたしは叫《さけ》びたくなった――いいかげんにしてよ！　気が変《か》わったりしないから。これはわたしが思いついたなかで、いちばんいい考えなの！

校庭に出ると、パパはすごい勢《いきお》いであたりを見まわした。

「しかも自転車盗《ぬす》まれたじゃないか！　ちくしょう！」

やれやれだよ。わたしはパパが自転車をくくりつけた、角の向こうの街灯《がいとう》を指さしてあげた。わたしがつくった雪玉は、置《お》いた切《き》り株《かぶ》の上にそのまま残《のこ》ってた。

ちょうどそのとき、オッシが電話してきた。パパは電話に出るなり、こう言った。

「うん、元気だよ、ただサーシャが、これからずっと本は読まないなんて言いだした。これで学校の成績《せいせき》はめちゃくちゃになるな」

オッシはいつも声が大きいから、言ってることがわたしにまで聞こえてくる。

「本？　本なんておれ、めんどくさくて読んだことないよ！　それでもほら、人生こんなにうまくいってる！」

パパはいらいらして、うめき声をあげた。

「仕事もしてないくせに、よく言うよ」

「あんたの仕事観《しごとかん》が古いんだって！　おれだって仕事してるよ！　ただ、いつも金をもらえるわけじゃないってだけで」電話の向こうで、オッシはほとんど叫《さけ》ぶような声で言った。

でも、わたしはちゃんと仕事するつもり。スタンダップ・コメディアンになるんだから。そのためにはべつに、本を読まなくたっていいはず。

わたしは横断《おうだん》歩道の標識《ひょうしき》に向かって、雪玉を勢《いきお》いよく投げつけた。標識《ひょうしき》に描《か》いてある人の頭に命中した。これであの人も、なにも言えなくなった。

＊　スウェーデンでは五年生まで成績表《せいせきひょう》がない。

ハリー・ポッターは文句《もんく》を言わなかった

いまは授業《じゅぎょう》中で、わたしは学校の制服《せいふく》に賛成《さんせい》する作文を書いてる。それぞれテーマをもらって、賛成《さんせい》か反対かの作文を書くというわけ。マッタは映画《えいが》の違法《いほう》ダウンロード、つまりお金を払《はら》わないでダウンロードすることに反対する。ニッセは動物実験《じっけん》に反対するらしい。セシリアは教卓《きょうたく》でパソコンに向かってなにか入力してる。キーボードがすごい速さでカタカタ言ってて、ほんとになにか書いてるとは思えない。もしかして、てきとうにキーを打ってるだけ？　Fdjslfoasdkjaklsnfjoaifjaly877–943w8yr3hz + 0heskdfnldifhjalkjsenkafjoeijasednfklnaksdjsdfjskdnfk みたいな。

　となりにすわってるマッタも、元気いっぱいのイタチみたいな勢《いきお》いで書いてる。わたしはあたりを見まわした。みんな課題《かだい》に集中してる。うう、どうしよう。わたしはいまのところ、賛《さん》成《せい》の理由をひとつしか思いついてない。インパクトも説得力《せっとくりょく》もたっぷりの、こんな理由。

1．ハリー・ポッターは文句《もんく》を言わなかった。

セシリアはたぶん、制服《せいふく》があるといじめが防《ふせ》げるとか、そういうことを書いてほしいんだろうと思う。みんなが同じ服を着てれば、服のコーディネイトがへんだとかってからかわれることもない。そもそも服の組みあわせなんて気にしてない人も、服がひたすらダサい人も、流行《はや》りじゃない服を着てる人も、ぼろぼろの服を着てる人も、それでいじめられることはない。でも、そんな単純《たんじゅん》な話じゃないと思うんだよね。いじめっ子はちゃんと、ほかにいじめのネタを見つけるよ。そうでしょ？　髪型《かみがた》とか。靴《くつ》とか。ニキビとか。べつに見かけがへんじゃなくたって、いじめっ子はなにかしらネタを見つけるんだ。一度、わたしが発表のときに、アボリジニ(オーストラリアの先住民族《せんじゅうみんぞく》)のことをまちがえてアボカド(食べるやつね)って言っちゃって、テューラがからかってきたことがある。

「アボカドはブーメランを発明したことで有名です」

そしたらテューラのやつ、こう叫《さけ》んだんだ。

「**ギャハハハハ！**　へえ！　じゃあ、ニンジンは？　なに発明したの？　笛とか？」

わたしは頭にきたから、テューラの机《つくえ》まで走っていって、こう怒鳴《どな》った。

「そうだよ、そのとおりだよ、黙《だま》ってないと、のどに笛、つっこんでやるからね！」

それでセシリアがすごく怒《おこ》って、わたしたちふたりとも、休み時間にしっかりお説教《せっきょう》された。

おたがいに話すときにはちゃんと考えて言葉を使う、きたない言葉を使わないって約束《やくそく》させられた。約束《やくそく》しますってわたしは言った。テューラも、約束《やくそく》しますってうそをついてたけど、解放《かいほう》されたとたんニッセに「クソうんこ」って言ってるのが聞こえたから、まああんまり真剣《しんけん》には受けとめてなかったってことだろう。（ところで〈クソうんこ〉って表現《ひょうげん》だけどさ、問題あるよね。だって、クソとうんこは同じ意味だもん。頭痛《ずつう》が痛《いた》いと同じじゃない？　いや、この場合、腹痛《ふくつう》が痛《いた》いのほうがいいか。）

わたしが〈攻撃的《こうげきてき》だ〉とかなんとか言われるようになったのは、あのあとからだったと思う。そんなことを言う人たちには、ただひとこと、こう言ってやりたい。〈うっせえ、黙《だま》りやがれ!!〉ってね。（わかった？　いまのは冗談《じょうだん》だよ！　これ、あとでフラミンゴのノートに書いておこう。）

そのとき、腿《もも》にあたってるスマホがぶるっと震《ふる》えた。授業中《じゅぎょう》はスマホをいじっちゃいけないことになってるけど、わたしはちらっとポケットのなかを見た。オッシからだ！

ハローサーシャ！〈セーデル座《ざ》〉っていうスタンダップのクラブと話てきた！　何年もス

タンダップやってるヘンリックてやつと合うことになったよ！　そいつがいろいろ教えてくれるって！　父ちゃんが遅番《おそばん》のときにしようか？　オッシ・ザ・ボスより！

（オッシは書きまちがいが多い。本を読まなかったせいじゃないといいんだけど。）

すごい、もうめっちゃ楽しみ！　楽しみすぎて、じっとしてるのがつらい。ましてや制服《せいふく》に賛成《さんせい》する理由を考えるなんて、もう無理《むり》。授業《じゅぎょう》が終わるまでに、とりあえずここまでは書けた。

2．ハーマイオニー・グレンジャーも文句《もんく》を言わなかった。
3．ロン・ウィーズリーの口からも、文句《もんく》はひとことも聞かれなかった。
4．ネクタイはウサギをつかまえるのに使える。

まあ、もう少し練ったほうがよさそうだけど。

茹《ゆ》でてつるんと殻《から》をむいたら

セシリアがファイルを見下ろして、言った。

「ええと、つぎは……サーシャ！　あなたの番よ。どうぞ」

わたしは机《つくえ》の上に置《お》いてある紙の束《たば》をつかんで立ち上がった。教卓《きょうたく》までの短い道のりを歩いてから、くるりとクラスのみんなのほうを向く。わたしのクラスメイトたちと、クラス人のテユーラが、わたしを見てる。つまんなそうな目。まあ、みんなは悪くないよ。地球の構造《こうぞう》についてのクラス発表なんて、スリルとかおもしろさとかのワールドカップに出場できるレベルではないわけで。ニッセなんか居眠《いねむ》りしちゃってる。でも、いまからわたしがこの空気を変《か》えてやるんだ！

胸《むね》のなかで心臓《しんぞう》がばくばく言ってる。急に口のなかが乾《かわ》いてきた。つばをのみこむ。水を少しくださいって言いたいけど、セシリアはたぶん、だめって言うと思う。水が欲《ほ》しいって言った人なんて、ほかにはひとりもいなかったわけだし。

いまならまだ、ふつうの発表にすることもできる。

わたしの脳《のう》みその一部は、ふつうの発表にしなよ、それしかないでしょって裏声《うらごえ》で叫《さけ》んでる。でも、そんな声に耳を貸《か》すの？　答えは、ノー。言うことなんか聞くつもりはない。裏声《うらごえ》で叫《さけ》んでる人なんて、信用《しんよう》できたもんじゃない。わたしは咳払《せきばら》いをした。少し離《はな》れた出窓《でまど》にすわってるセシリアを見る。セシリアはわたしに向かって、始めなさい、とうなずいた。

「五年C組！」わたしはいきなり叫《さけ》んだ。自分の声の大きさに、自分で驚《おどろ》いた。

ニッセも目が覚《さ》めたみたいで、眠《ねむ》そうにあたりを見まわしてる。

「どうもどうも！　この授業《じゅぎょう》はなにがあっても逃《のが》したくなくて、すっごくいい仕事をことわってきたんだよ！　こうして、みなさんの前に立って、発表するためにね」

何人かが、よくわかんないって感じで顔を見あわせた。だれかがくすっと笑《わら》った。ニッセだ。やっぱり。ほとんどの人たちはびっくりした顔でわたしを見てる。クラス発表がこんなふうに始まることなんてめったにないから。

「そうなの。いや、めっちゃいい仕事だったんだけどね。〈こどもトークショー〉って番組知ってる？」

何人かがうなずくまで待ってから、わたしはつづけた。

「その番組のね、大ファンだっていう小さい子たちの、子守《こも》りすることになってたんだ」

わたしはみんなが笑《わら》い声《ごえ》をあげられるよう間《ま》を置《お》いた。でも、そんなことをする必要《ひつよう》はなかった。だって、笑《わら》った人の数は、きっかりゼロだったから。解説《かいせつ》すると、わたしが〈こどもトークショー〉に出る予定だったのかと思わせておいて、じつはベビーシッターでしたっていうオチなわけ。なかなかいいセットアップだったし、パンチラインもちゃんとあった。なのに、わたしのクラス人たちはみんな、どうしたらいいだろうっていう顔でわたしを見てる。なんにもわかんなかったわけ？　とろすぎでしょ。マッティーナとケヴィンがくすっと笑《わら》う。見ればニッセは笑《わら》いをこらえるあまり体を震《ふる》わせてる。でも、わたしのジョークに笑《わら》ってるのか、それともクラスの雰囲気《ふんいき》が、なんていうか……へんだから笑《わら》ってるのか、よくわからない。マッタは怖《こわ》いものでも見たような顔だ。目がまんまるになってるし、口もぽかんとあいてる。テューラは笑顔《えがお》で、やたらと長い茶色の髪《かみ》を、頭のてっぺんでひとつにまとめてる。でも、やさしい笑顔《えがお》じゃない。おばあちゃんの猫《ねこ》のトゥールーズがネズミをつかまえたときみたいな顔だ。自分の勝ちは決まったっていう顔。もうまちがいなくネズミを殺《ころ》せるけど、そのまえにちょっと遊んでやろう、ほかにすることもないしって顔。もしかすると、ネズミが苦しむのを見るのがおもしろいからでもあるのかもしれない。

でも、わたしは死にかけてるかわいそうなネズミじゃないし、苦しむつもりもない！　だから息を吸《す》いこんで、つづけた。

「さて、ちょっとここで考えてみたいんだけど。子守《こも》りについて！」

ふと、だれかが肩《かた》に触《ふ》れてきた。セシリアだ。

「サーシャ……あの……発表そのものは、もうすぐ始まるのかな？」

「もちろん、もちろん」邪魔《じゃま》されてちょっといらっとしたけど、わたしはそう答えた。「発表はこれからちゃんとやります」とは言ったものの、どうしたら子守《こも》りから地球の構造《こうぞう》にうまく話をもっていけるだろう。わたしは必死《ひっし》になって頭を働《はたら》かせた。

セシリアが腰《こし》を下ろすのを待ってから、先をつづけた。

「それで、子守《こも》りなんだけどさ。わたしに子守《こも》りをまかせるって、おかしいと思わない？なんにもできないのに！　ごはんはつくれない、おむつは替《か》えられない、なにかあっても車は運転できない。つい最近《さいきん》まで助手席《じょしゅせき》にも乗れなかったんだよ！　わたしに子守《こも》りをする資格《しかく》があるとしたら、それは自分が子どもだったからだよね。ていうか、いまも子どもだから。でも、それって、こう言ってるのと同じじゃない？〈あんた、よく病気になってたよね！　お医者さんやりなよ！〉」

だれひとりとして笑《わら》わない。ニッセさえも。何時間もかけて練りに練ったネタなのに、だれも笑《わら》わない！　みんな、まるで自分の目が信《しん》じられないみたいに、わたしのことをじいっと見つめてる。マッタは手で口を覆《おお》ってる。セシリアは出窓《でまど》にすわったまま、心配そうな目でわたしを見てる。豚《ぶた》に真珠《しんじゅ》とはこのことか——わたしがパパのつくった食事をありがたがらないときに、パパがいつも言ってることだけど。

「あ……えっと……そうだ、地殻《ちかく》っていうけどさ、殻《から》っていうからには、むけるんだよね？　卵《たまご》みたいに。わたし、いますっごくおなかすいてるんだけど、茹《ゆ》でたらいいのかな？　エビみたいに塩茹《しおゆ》で？」

するとニッセが大笑《おおわら》いして、ほんとに椅子《いす》からころげ落ちた。セシリアが、発表はべつの日にして、もう少し準備《じゅんび》しようか、なんておそるおそる言ってくる。なんたる侮辱《ぶじょく》！　こんなに準備《じゅんび》したのなんて人生初《じんせいはつ》なのに。そりゃ、地球の構造《こうぞう》については、あんまり準備《じゅんび》してなかったかもしれないけどさ。発表の残《のこ》りは、紙に書いておいたのをそのまま棒読《ぼうよ》みして終わらせた。このどうしようもないクラスには、ほんもののコメディアンの価値《かち》がわかる人なんてひとりもいないんだ。わたしが席《せき》にもどるとき、拍手《はくしゅ》した人の数は計ゼロ人だった。マッタがやさしくわたしの腕《うで》をぽんぽんとたたいて、目を合わせようとしてきたけど、わたしは残念《ざんねん》ながら、手元の紙を折《お》りまげて小さな小さな四角をつくることに、全神経《ぜんしんけい》を集中しなきゃならなかった。

曇《くも》ったガラスに書いたこと

自分の髪《かみ》が短くなったこと、いまだにときどき忘《わす》れてて、シャワーを浴《あ》びるときにびっくりする。シャンプーをたっぷり手に取っちゃって、それで頭全体にまっ白な泡《あわ》がもくもく立ってたいへんなことになって、すすぎ落とすのにすごい時間がかかる。まあ、それはべつにかまわないんだけど。お湯をかぶるの、けっこう好《す》きだから。シャワーに入るまでがめんどくさいんだよね。でも、パパにしつこく言われて入った。入ってしまえば気持ちいい。パパの前で認《みと》めるつもりはないけど。

ジョークを考えなきゃ。もっといいジョークを。考えなきゃ！　わたしはシャワーブースの曇《くも》ったガラスに、こう書いた。

わたし、おかしな骨《ほね》の持ち主になれる？

ママ？

それから、頭についた泡《あわ》をたっぷりつかんで、文字を消した。完全《かんぜん》に見えなくなるまで。

パーティーハットに水着姿《みずぎすがた》のパイロットはいない

オッシが来たとき、わたしはもう上着を着てて、オッシが呼《よ》び鈴《りん》を鳴らした瞬間《しゅんかん》にドアを開けた。

「うわっ、そこまで準備《じゅんび》ばっちりかよ」オッシはびっくりしたみたい。きょうの衣装《いしょう》は、赤と青のしましまセーターに、ピンクの花飾《はなかざ》りのついた青い帽子《ぼうし》、体に塗《ぬ》ってあるんじゃないかと思うくらいタイトな黒のデニム。それから、もちろん、革《かわ》ジャンね。革《かわ》ジャンは欠《か》かせない。

「イエス！」わたしは言った。

オッシが背中《せなか》のうしろに隠《かく》してた包《つつ》みをさしだす。新聞紙に包《つつ》んであるのが、いかにもオッシらしい。

「ほら、おめでとう！」

「えー、オッシ！　べつにいらないのに！　コメディ・クイーンになるのを手伝《てつだ》ってくれるんだから」

「誕生日《たんじょうび》のプレゼントなんだから、あげないわけにはいかないだろ？　それともなんだ、気に入ったハムスター用の回し車でもあった？」

わたしは笑《わら》いながら包《つつ》みを受けとった。硬《かた》くて、長方形で、本じゃないといいなと思ったけど、どう見ても本っぽい。

「いや、それはなかったけどさ」

ラッピングを破《やぶ》るわたしを、オッシがわくわくした目で見てる。

本だ。やっぱり。『北欧《ほくおう》の妖怪《ようかい》』。表紙には、斧《おの》を持った小さい妖魔《ようま》っぽいのが描《か》いてある。

こういう本は大好《だいす》き。じゃなくて、大好《だいす》きだった。わたしはどんよりした顔でオッシを見た。

満足《まんぞく》げだったオッシの表情《ひょうじょう》が、困《こま》ったような顔に変《か》わった。

「なんだよ？　気に入らなかった？　もう持ってるとか？」

「そういうんじゃない。本を読むのはもうやめたの」

「おまえの父ちゃんがそう言ってたけどさ、冗談《じょうだん》に決まってるって思ったよ。おまえ昔から、本読むの大好きだっただろ？」

「そうなんだけど。でも、もうやめたの」

オッシが両腕《りょううで》を広げる。お先真っ暗みたいな顔だ。

「どうして!?」

「気が変《か》わることだってあるじゃん」とわたしは言ってみた。

「なんなんだよ、気が変《か》わってばっかりじゃないか。頼《たの》むから、もう気を変《か》えるのやめてくれないか?」

「でもオッシだって、昔からずっとおんなじではないでしょ」

「いや、だいたいおんなじだよ」

「ええっ? じゃあ、ずうっと……いま何歳《なんさい》?」

「はあ……そんなの、自分でもほとんど忘《わす》れてる。二十九だったっけ? うん。二十九歳《さい》だな」

二十九歳《さい》。二十九は銅《どう》の原子番号だ。わたしは記憶《きおく》をたどった。

銅《どう》は、赤みを帯《お》びた、需要《じゅよう》の高い普遍金属《ふへんきんぞく》のひとつ。くすみのない金属《きんぞく》で、ハンマーを使ってかたちづくったり、曲げたりすることができる。熱《ねつ》をよく伝《つた》える性質《せいしつ》があり、電流を伝《つた》える金属《きんぞく》としては銀のつぎにすぐれている。空気が湿《しめ》っているとき、またとくに汚染《おせん》されているときは、表面に酸化《さんか》した膜《まく》ができて、それが緑色の錆《さび》、いわゆる緑青《ろくしょう》になることもある。

「二十九年間、ずうっとおんなじだった? ほんとに?」

「髪型《かみがた》は変《か》えたけどさ。いちばん大きい変化《へんか》はそれじゃないかな。それ以外《いがい》って考えたら、変《か》わっていくのはおれじゃなくて、ほかの連中《れんちゅう》だと思うんだよ。みんなまじめになっちゃってさ、やたらとつまんなくなる。はっきり言えばな。おれはほとんど変《か》わってない。あいかわらず落ちつきがない。わりと明るい。いろんなことが起きてると楽しい」

わたしは靴《くつ》をはいて、オッシといっしょに玄関《げんかん》の外に出ると、玄関《げんかん》のドアに腰《こし》をぶつけてアイスホッケーみたいなタックルをかましながら鍵《かぎ》をまわした。オッシが箱からタバコを一本出して、口のはしっこにくわえる。いつもの癖《くせ》だ。建物《たてもの》から外に出る準備《じゅんび》みたいなもの。

「オッシ」わたしは真剣《しんけん》な声で言うと、オッシの口からタバコを抜《ぬ》きとった。「銅《どう》で止まりたくないでしょ？　二十九番でさ。少なくとも銀に、できたら金ぐらいにはなりたいよね？　オガネソンにだってなれるかもしれないんだよ？　百十八番ね」

オッシはわたしを見て、やれやれと首を振《ふ》った。

「サーシャ。おまえと話してるときの半分くらいは、なんの話だかさっぱりだよ」

それでもオッシは、わたしの手からタバコを取りかえすと、おとなしく箱にもどした。

＊＊＊

お店は地下にあって、窓《まど》もなくて暗かった。端《はし》のほうに舞台《ぶたい》があるけど、あまり大きくはない。わたしの部屋よりちょっと広いくらいかも。舞台《ぶたい》の前に、七、八列、椅子《いす》が並《なら》んでる。いちばん奥《おく》にバーカウンターがあって、そこにヘンリックが、ジャケットにデニム姿《すがた》で寄《よ》りかかって立ってる。ヘンリックはけっこう有名で、わたしもユーチューブで動画をたくさん見てたから、すぐにわかった。そんなにすごくおもしろいとは思わないけど、それはたぶん、ヘンリックのジョークがほとんど大人向けだからだと思う。水を飲みながら、なにやらしわくちゃの紙に書かれたことを読んでて、わたしたちが下りてきたことには気づいてないみたいだった。オッシは忍《しの》び歩《ある》きの達人《たつじん》でもなんでもないのにね。しゃべるし、足音はたてるし、階段《かいだん》の手すりを手のひらでポンポンたたきながら下りてるのに。

「よう」とオッシが言って、ヘンリックの肩《かた》をバシンッてたたいた。

びくっとして顔を上げたヘンリックは、いったいこいつらなんの用だって顔で、まずオッシを、それからわたしを見た。けど、すぐ笑顔《えがお》になった。真っ白な歯をたくさんのぞかせて、にっこり笑《わら》ってる。

「やあやあ！　どこから入ってきたんだ？　店、まだ開いてないだろ？」ヘンリックが言う。

ちょっと怖《こわ》がってるようにも見える。

「そうだけど、ウエイトレスかな、入れてくれた人がいてさ」

「ああ、よかった、あいつらじゃなくて」

「あいつらって？」わたしはそうききながら、サッカーの試合《しあい》で暴《あば》れるフーリガンたちが、ヘンリックに目をつけて追いかけてるところを想像《そうぞう》した。

「お客さん連中《れんちゅう》な」とヘンリックは言った。

掃除《そうじ》がすんでるように見えたテーブルに席《せき》をとったけど、さわるとテーブルはべとべとしてた。なにか飲むかってヘンリックにきかれて、オッシは水を、わたしはコカコーラを頼《たの》んだ。

ヘンリックはバーカウンターの向こうにするっと入りこむと、お金を払《はら》わないで、冷蔵庫《れいぞうこ》から飲みものを出してきた。

「ここ、へんなにおいする」わたしはオッシに耳打ちした。「なんだろ？」

オッシは首をぐっと伸《の》ばして、ふんふん鼻をひくつかせた。

「そうだな……カビと、汗《あせ》と、古くなったビールってとこかな」

「うへえ……」

「さて、スタンダップ・コメディをやりたいっていうのは、きみかい？」ヘンリックはそう言うと、ドン、とコーラをテーブルに置《お》いた。

それから腰《こし》を下ろして、わたしのことをじろじろ見た。

「そうです、そのつもりです」とわたしは答えた。心臓《しんぞう》がばくばく言ってるのがわかる。

とにかくこのチャンスは逃《のが》したくない。手を貸《か》してもらえるなら、どんなことだってありがたい。授業《じゅぎょう》で大失敗《だいしっぱい》したあとだから、とくに。恥《は》ずかしさの熱《あつ》い波が、さあっと体を抜《ぬ》けていく。地殻《ちかく》っていうけどさ、殻《から》っていうからには、むけるんだよね？　卵《たまご》みたいに。わたし、いますっごくおなかすいてるんだけど、茹《ゆ》でたらいいのかな？　エビみたいに塩茹《しおゆ》で？　ああ、まったく、なに考えてたんだろ？　きみには無理《むり》だよってヘンリックに言われたらどうしよう。あとから身につけられるものじゃないって言われたら？　でも、ヘンリックはそんなことは言わなかった。代わりに、こう言った。

「すごい。こんなに若《わか》いうちからスタンダップをめざす人なんて、はじめて会ったんじゃないかな。で……どんなことが知りたい？」

わたしは上着のポケットから、フラミンゴのノートを出した。質問《しつもん》したいことを、そこに書いておいたから。

「えっと……えっとですね……アドバイスをもらえるとうれしいです。スタンダップを始めたい人へのアドバイス。ルールとかはありますか？」

「ルールはひとつだけだよ。いちばんきついのは一回め。一回めより悪くなることはない。一回めってのは、とにかくひどいもんだ。死ぬんじゃないかとさえ思う」

わたしはノートに書いた――死ぬんじゃないかとさえ思う。

「一回めはもうやりました」とわたしは言った。「学校で。授業《じゅぎょう》中に」

「ほんとかい!?　なんだ、すごいじゃないか！　どうだった？」

「そりゃもう。めちゃくちゃでした。だから、言ってること、よくわかります」

ヘンリックは笑《わら》いだした。それから、つづけた。

「そうか。しかしね！　恐怖《きょうふ》の対極《たいきょく》にあるのは経験《けいけん》だ。それが唯一《ゆいいつ》の治療薬《ちりょうやく》だ。とにかく舞《ぶ》台《たい》に上がって経験《けいけん》を積《つ》む。一回やったら、それをあと十回はやる。十回のうち二回ぐらいは、わりとうまくいくかもしれない。残《のこ》りはやっぱりひどいもんだろうけど」

たぶん、ヘンリックの言うとおりなんだろう。けど、もっとひどいことだって世のなかにはある。それに、ほんの数分のことじゃないか。だいじょうぶ、のりこえられる。のりこえなくちゃ。

オッシの貧乏《びんぼう》ゆすりのせいで、テーブルそのものががくがく揺《ゆ》れてるけど、本人はなんにも気づいてなくて、興味津々《きょうみしんしん》な顔であたりを見まわしてる。わたしたちの話は聞いてないみたい。

ずずっと音をたてて水をすすった。

「あの、へんな質問《しつもん》かもしれないんですけど……なんていうか……ジョークって、どうやったら思いつくんですか？」わたしはきいた。

「そのノートを持ってるのは、すごくいいことだよ」

ヘンリックがフラミンゴのノートに目をやって、うなずいてみせる。

「いつでも、どこでも、それを持ち歩くんだ。どこかに出かけて、きみがなにか言って、人が笑《わら》ったとする。そしたら自分が言ったことをノートに書く。なにか妙《みょう》なこと、笑《わら》えることが起きた場合も、やっぱりノートに書く。そこからジョークを組みたてるんだ。なによりだいじなのは、自分自身をとてつもなく批判的《ひはんてき》な目で見ることだ。これでもかってくらいにきびしい目で自分自身を見る。きみにはどんな特徴《とくちょう》がある？　背《せ》が高い、低《ひく》い、それとも太ってる？　くるくるの髪《かみ》？　メガネをかけてる？　汗《あせ》っかきで、わきの下にいつも大きなしみができてる？　色の見分けがつかない？　歩きかたにくせがある？　自分の体の特徴《とくちょう》。これまでの人生で起きた悪いこと。それを、ぜんぶ話すんだ。人は成功《せいこう》したやつらの話なんか聞きたくない。ものごとがめちゃくちゃになる話を聞きたいんだ。きみ自身のよくないところ、きみの人生でうまくいってないこと、ぜんぶ書きだしてみるといい！」

わたしは書いた――わたし自身のよくないところ、わたしの人生でうまくいってないこと。

ヘンリックはオッシのほうを向くと、じろじろ観察《かんさつ》した。オッシも、いま目を覚《さ》ましたみたいな顔で、ヘンリックを見つめかえしてる。

「たとえば、おまえだけどさ。おまえがスタンダップをやるとしたら、そのエルヴィスみたいな髪型《かみがた》と、服装《ふくそう》をネタにしないわけにはいかない。お客はみんな、そこに目を向けるだろうから。というわけで、舞台《ぶたい》に上がったら、そうだな……」

ヘンリックはしばらくのあいだ、目を半開きにして考えこんだ。やがてぱっと顔を明るくした。

「たとえば、こんなのはどうだ？　両腕《りょううで》を広げて、こう言うんだ。みなさんがなに考えてるか、わかりますよ。〈なんだあれ、エルヴィスがピエロとつくった子どもかな？〉ってね」

「はあ!?　ピエロかよ！」

オッシは傷《きず》ついたような声を出したけど、すぐに大声で笑《わら》った。わたしも笑《わら》った。

「いや失礼《しつれい》、でもさ、そうだろ」ヘンリックはそう言うと、オッシをだれかに披露《ひろう》するみたいに腕《うで》を伸《の》ばしてみせた。「しましまセーター！　サスペンダー！　花飾《はなかざ》りつきの帽子《ぼうし》！」

「そりゃ、まあ」オッシは自分の胸《むね》を見下ろしてる。

「かっこいいよ」とわたしは言って、オッシの手をぽんぽんたたいた。

「ありがとうな、サーシャ！　おまえはやさしいな！」

「どういたしまして。こういうこと言えば、オッシのママがおこづかいくれるんだよね。でも、ちゃんと本気で思ってるよ」

オッシに向かってウインクすると、オッシはむすっとした顔になった。けど、ほんとは笑《わら》ってるんだ。慣《な》れっこだから。パパとオッシがおたがいにいつも言ってる冗談《じょうだん》だもん。相手をほめるときにはたいてい言ってる。おもしろいのは、ふたりのママはおばあちゃんで、同じ人だってことだよね。（あ、わたしのおばあちゃんってことね。パパとオッシのおばあちゃんじゃなくて。ママがおばあちゃんでもあったらおかしすぎる。）

けど、ヘンリックはこの冗談《じょうだん》をはじめて聞いたらしい。びっくりした顔になった。それから、にっこり笑《わら》った。

「いいじゃないか！　名前、サーシャだっけ？　頭の回転が速い！　すごくだいじなことだよ」

ほっぺが熱《あつ》くなる。でも、ここは暗いから、顔が真っ赤になっててもたぶん気づかれない。

「いいかい、舞台《ぶたい》に上がったら、すぐにお客の警戒心《けいかいしん》をといてやらないといけない。そのためには、いまみたいなことを言うのがいい。みなさんがなに考えてるか、わかりますよ！〈なんだあれ、エルヴィスがピエロとつくった子どもかな？〉ってね！　いや、きみはこのネタ使えないけどさ。言いたいことはわかるよな」

「でも、それってどういうことですか？」わたしはきいた。「警戒心《けいかいしん》をといてやるって？　どういう意味？」

「そうだな、きみが舞台《ぶたい》に上がるとき、お客には不安《ふあん》があるわけだよ。きみのことが心配になっちまう。けど、いまみたいなことをすぐに言って、きみが自分自身のことを笑《わら》ってみせたら、お客は安心する。この子はちゃんとやれるってわかるわけだ。飛行機《ひこうき》のパイロットを思いうかべてみるといい。パイロットがパーティー用の三角帽子《ぼうし》かぶって海水パンツはいてたって、飛行機は飛ばせるだろ？　制服《せいふく》自体にはべつになんの意味もない。それなのに、パイロットはちゃんとパイロット用の制服《せいふく》を着てる。なぜかって？　私《わたし》たちはちゃんとやれますってことを、お客に見せたいからだよ。乗ってるお客が不安《ふあん》になったら、騒《さわ》ぎになっちまって、飛行機《ひこうき》でそれだと困《こま》るだろ。スタンダップでも同じことだ。舞台《ぶたい》に上がったら、ちゃんとユニホームを着てるってことを見せてやらなきゃならない」

わたしはうなずいた。大急ぎでメモしてるせいで、なんて書いてあるのかろくに読めない。ユニホームじゃなくて、ユニコーンを着てるって書いたように見える。あとで読んだときに、べつにユニコーンの着ぐるみを着なきゃいけないわけじゃないって、ちゃんとわかるといいんだけど。

「きみの場合だと、たとえば、きみが子どもだってことをネタにしないわけにはいかないな。きみがほかのやつとちがうのはそこだから。なにも言わなかったら、逆《ぎゃく》におかしなことになる。それと、その髪型《かみがた》。まるで……バービー人形の髪《かみ》の毛《け》をむしり取ったみたいな」

ヘンリックがはたと口をつぐむ。わたしは短くなった自分の髪《かみ》に手をのせた。急に、自分の見かけが気になってきた。

「傷《きず》ついた？」

「ぜんぜん」わたしはそう答えておいた。まったくのうそってわけでもないしね。「いまのネタ、もらってもいいですか？」
「もちろん、かまわないよ。でも、ふつうは、ほかのコメディアンのネタを盗《ぬす》むのは禁止《きんし》だ。やったやつには死が待っていると思っていい」

死が待っている
「それより、きみがほかの人とちがうところ、もっとないかい？　使えそうなネタは？　なにか悲惨《ひさん》な経験《けいけん》、したことある？」

ヘンリックが前のめりになって、わたしをじっと見すえる。わたしは考えた。どんなことなら言っていいんだろう。ママのことを言ってもいいのかな？

「最初《さいしょ》に頭にうかんだこと、言ってみなよ」ヘンリックが言う。

「ママが死んだこと」

ヘンリックはぎくっとして体を引いた。

「うわ、そりゃまた。ごめんな」

「どうして？　あなたが犯人《はんにん》ですか？」ちょっときつい声になっちゃったかも。

ヘンリックは少しだけ笑《わら》うと、人差《ひとさ》し指《ゆび》をわたしに向けた。ピストルを向けてるみたいに。

「いまのもよかったぞ。ふむ。そうだな、ネタにできないこともないかな？　みんなが同情《どうじょう》してくるとか？　お母さんが亡《な》くなったことで、まわりの連中《れんちゅう》がどんな態度《たいど》で接《せっ》してくるか。

へんなことを言ってきたとか?」

「それは、はい。へんなこと、けっこう言われます」

「そうか! いいじゃないか。たとえば?」

「〈ああ、あなたは強い子ね!〉とか。ほかにどうすりゃいいんですかね。あと、〈ママが死ぬなんて、わたしだったら耐《た》えられない!　ママはわたしのすべてだもの〉とか。〈はあ?〉って感じ。〈あんたのママはあんたのすべてだから、耐《た》えられない。けど、わたしは耐《た》えてるっていうか、少なくとも、耐《た》えてるように見える。なにが言いたいわけ?　わたしがあんたより冷《つめ》たい人間だって言いたいの?　耐《た》えるしかないんだよ、ほかにどうすりゃいいっての?　いっしょに死ねってか?〉みたいな」

「世のなか、バカばっかだな」オッシがそう言って、帽子《ぼうし》のつばを上げた。怒《おこ》ってるみたいな声だ。

「病気だったのかい、お母さん……どうして亡《な》くなったんだ?　きいてもよければ、だけど」

わたしはためらって、オッシを見た。オッシが肩《かた》をすくめる。

「えっと……自殺《じさつ》したんです」

「ああ、なんてこった。なんてこった。ごめん、ほんとうに悪かった。それはつらかったよな。なんて言ったらいいかわからない」

「だいたいの人はみんなそうです」

わたしたちは三人とも、しばらく黙《だま》ってた。ヘンリックはどこかぼんやりした目で、わたしを見てる。

「ジョークにできると思いますか？」わたしはおそるおそるきいてみた。

「いや、いや、いや、だめだ。さすがにこれはネタにならない。悲しすぎる。ひょっとすると、もしかしてもしかすると、きみが大人だったとしたらなんとかなったかもしれない。けど、それもどうだか。とにかくいまは無理《むり》だ、どう考えても」

キャップをかぶった若《わか》い女の人が、ジョギング用のレギンスにタンクトップ姿《すがた》で階段《かいだん》を下りてきた。

「ちょっと失礼《しつれい》！」

「やあ！」ヘンリックが返事する。

「ここの準備《じゅんび》、始めようと思って」と女の人が言った。「マイクのテストをしないと。邪魔《じゃま》はしませんから」

「もうすぐ始まるんですか？　もう時間ない？」わたしはきいた。

「うん、そうだな」とヘンリックは言って、立ち上がった。

まだちょっと、どぎまぎしてるみたい。まあ、ふつうだと思うけど。

「最後《さいご》にもうひとつだけ、きいてもいいですか?」

「もちろん」

「あの、おかしな骨《ファニー・ボーンズ》のことなんですけど。知ってますか? それって、生まれつき持ってるものなんでしょうか。それとも、なんていうか……あとからでも身につけられると思いますか?」

ヘンリックと目を合わせる勇気《ゆうき》もない。どんな返事がかえってくるか、怖《こわ》くてしかたがない。

わたしはコカコーラの瓶《びん》についたラベルを少しはがした。

「それはまちがいなく、あとからでも身につけられるものだと思うよ。才能《さいのう》のあるやつってのはたしかにいる。考えたジョークがおもしろくなるように、ありとあらゆる方法《ほうほう》を体でためしていく。あれこれ考えなくても、自然《しぜん》とそういうことができちまう。どっちにしても、敏感《びんかん》であることがだいじだと思う。なにがウケるか、注意深く観察《かんさつ》する。ユーモアのかなりの部分は、身ぶりや顔の表情《ひょうじょう》で決まるからね……それと、声だ。なにを言うかだけの問題じゃない。たとえば、なにかおもしろい動きはできるか? へんな立ちかたは? なにかの歌を歌うにしても、笑《わら》える歌いかたはできるか? 裏声《うらごえ》で話せるか? どんなことでも、笑《わら》いをとれればなんでもいい。それをやる! で、それをまたくりかえす。ウケることなら、なんでもだ!」

＊＊＊

トイレを出ると、オッシとヘンリックが小声で話してるのが聞こえた。わたしはあとずさってトイレにもどった。

「〈お誕生会《たんじょうかい》に呼《よ》んでもらえなかったことがあって〉とか、そういう話をしてくるだろうって思ってたからさ。いや、悪いことしちまったよ、ほんとに。ああ……まったく……だいじょうぶだといいんだが、あの子」

「知らなかったんだからしょうがないだろ」オッシが言う。

「それでもさ、おれ、どうしようもないバカだよな。そう思っちまう」

「おれなんか、だいたいいつもそう思ってるぜ」

わたしは、いまから行くよってふたりに伝《つた》わるように、音をたててトイレのドアを閉《し》めた。

「ようよう、サーシャ」オッシがわたしの肩《かた》に腕《うで》をまわす。「うまくいったか？」

「うまくいったかって、おしっこが？　そりゃね、まあ。けっこううまくいったと思うよ」

ヘンリックが咳払《せきばら》いをして、ところどころグレーになった黒髪《くろかみ》をかき上げた。

「あのさ、考えてみたんだけど。じつはさ。二週間後ぐらいに、ここで毎週火曜日にやってる〈一発勝負！　お笑《わら》いバトル〉ってイベントに出るんだよ。持ち時間は十五分。この業界は持ち時間にきびしいからな、きっかり十五分だ。けど、そのうちの三分を、きみにゆずることもできる。もし、やりたければ、だけどな？　それでためしてみたらいい。きみなら……きみならやれると思うから」

わたしはなにも言えなくて、ただヘンリックを見つめてた。いまの、もしかして聞きまちがい？

「ほんとに？」

「ほんとだよ！」ヘンリックはそう言って、にっこり笑《わら》った。

ここまでしてくれるのは、わたしのことをかわいそうだと思ったからなのかもしれない。でも、そんなことはどうだっていい。急にとってもうれしくなって、体がぷかぷかうきそうな気がしてきた。幸せのあぶくが、わたしを引っぱり上げていく。まるで小さなヘリウム風船みたいに！

「はい！　はい！　やりたいです！」

うひゃあ、オーマイガー！　デビューが決まったよ！

思い知らせてやるからな、この欠陥品《けっかんひん》

ほんものの舞台《ぶたい》に上がって、ユーモアのかけらもないクラス人なんかとはちがう、ほんもののお客さんに聞いてもらうことになったんだから、練習しないとね！　わたしはためしてみたい新しいジョークをいくつかつくって書きとめた。けど、教室で大ケガしたあとだから（この言葉はこういうふうに使うんだよね）、また同じ場所でためす気にはあんまりなれない。それで、ほかの練習台について考えてみた。

1．おばあちゃん。

これはねえ。脳内会議満場一致《のうないかいぎまんじょういっち》で、〈ビミョー〉ってやつだね。おばあちゃんのユーモアのセンスは、わたしのセンスとはかなりちがう。おばあちゃんが笑《わら》うのは、バナナの皮ですべってころぶおじいさんとか、そういうのだ。で、そのおじいさんは酒飲みで、奥《おく》

さんになまけものだって言われて、パン生地《きじ》を伸《の》ばすときに使うめん棒《ぼう》でたたかれたりする。ヘラジカかなにかの密猟《みつりょう》をしてるから、官憲《かんけん》(おまわりさんのことらしい)を怖《こわ》がってびくびくしてる。で、めちゃくちゃ田舎《いなか》っぽい、きつい訛《なま》りがないとだめなの。じゃないと、おばあちゃんは笑《わら》わないからね。

2.　オッシ。

オッシは笑《わら》いすぎ。わたしがオッシを練習台にしてジョークをためすと、どんなのでもオッシは笑《わら》う。ほんとに、どんなことでも笑《わら》うんだ。そうなると、いったいなにがおもしろいのか、よくわからなくなる。このまえなんて、オッシ相手にジョークをとばしてるときに、げっ、英語《えいご》の宿題やらなきゃって急に思いだして、それをそのまま口に出したんだけどね。オッシは笑《わら》いころげてたよ。そこはルーティンの一部でもなんでもなかったのに。

3.　マッタ。

マッタは適任《てきにん》だけど、もうマッタ相手に何度もジョークをためしてるから、そろそろうんざりされちゃうんじゃないかと心配だ。このまえためしたときのマッタの笑《わら》いは、ちょーっと不自然《ふしぜん》だった気がする。それにマッタは最近《さいきん》、家にこもって大好《だいす》きなバンジョーの練習にはげんでる。バンジョーの曲だけをアップするユーチューブのチャンネルを始めるんだって。チャンネル名は〈バンジョー・ベイビー!〉。けっこういい名前だよね。

わたしに必要《ひつよう》なのは、ちゃんと話を聞いてくれる相手だ。評価《ひょうか》はべつにいらない。

それで、思いついた! クッキー&クリームと、その仲間《なかま》たち! あの子たちに聞き手になってもらおう。

＊＊＊

曇《くも》り空《ぞら》のとってもグレーな日、わたしはアスプウッデン公園を抜《ぬ》けるくねくね曲がった散歩《さんぽ》道《みち》に入った。いまが四月だなんて、ちょっと信《しん》じがたい。だって、『十二か月の歌』を思いだしてみてよ。〈年のはじめの一月、つぎに来るのは二月〉。ここまでは反論《はんろん》しようと思ってもできないけど、そのあとがさ。〈三月四月は木の芽《め》の季節《きせつ》、お花のつぼみが髪飾《かみかざ》り〉って! ここにはお花のつぼみなんてないし、そもそも髪《かみ》がない。木の芽《め》だってどこにも見あたらない。まあ、それでいいんだけどね。おかげで公園には人があんまりいないから、だれにも邪魔《じゃま》されずに練習できる。

小さなカフェの外に、木のテーブルが置《お》いてある。そこに、防寒用《ぼうかん》の赤いオールインワンを着せられた小さい子ふたりと、そのお父さんがすわってて、ジュースを飲みながらバタークッキーを食べてる。そばには巨大《きょだい》なロットワイラー犬がいて、子どもたちのことをじいっと見てて、クッキーのかけらが地面に落ちるたびに飛《と》びついてる。わたしだったらどういうふうに犬を育てるかな。きびしくしつけて、クッキーのかけらを食べるのは禁止《きんし》する？　それとも、もっとおおらかに接《せっ》してあげる？　でも、そうするとワンちゃんはおねだりするようになっちゃうかもしれなくて、それはあんまりよくないことだと思う。けど、ワンコになんにもあげないで、自分だけもぐもぐ食べてるってのも、なんだかいじわるな気がするよね。とくに、そのワンコがちっちゃな仔犬《こいぬ》で、いろんなことをまだあんまりわかってなかったとしたら。で、あの仔犬独特《こいぬどくとく》の悲しそうな目でこっちを見て、ちょこんと首をかしげて、仔犬《こいぬ》にしか出せない、あの胸《むね》の張《は》りさけそうな声で、クンクン鳴いたりしたら。

わたしははっとした。なに考えてんの？　犬は飼《か》わないって決めたじゃん！　2．生きものの面倒《めんどう》をみようとしない。

風が強くなってきた。氷みたいに冷《つめ》たくて、針《はり》でほっぺを刺《さ》されてるみたい。

クッキー&クリームと仲間《なかま》たちの姿《すがた》は、はじめ見えなかった。近づいてみると、みんな小さな木の小屋のなかに隠《かく》れてるのが見えた。この天気じゃ無理《むり》もない。けど、わたしはしっかり着こんでる。レモンイエローの分厚《ぶあつ》いダウンジャケットに、毛糸の帽子《ぼうし》と手袋《てぶくろ》。わたしはフェンスを越《こ》えるための木のハシゴをのぼって、反対側《はんたいがわ》に下りた。足をそうっと下ろす。それから、ウサギたちを呼《よ》んだ。みんなぎゅうっと身を寄《よ》せあってる。ヘーゼルがクッキーの顔におしりを押《お》しつけてるけど、クッキーは気にしてないみたい。ひょっとすると、鼻が冷《つめ》たいときには、あのまるっこいしっぽに鼻先をうずめるのも、なかなかいいものなのかな？

「ハロー、クッキー！　ヘーゼル！　パイン！　カシュー！」わたしは明るい声で言った。

ほんとはウサギに食べものを持ってきちゃいけないって知ってるけど、今回はせっぱつまってるからしかたない。というわけで、パセリの鉢《はち》を持ってきた。茎《くき》を四本ちぎって、小屋の外、なにも生えてない地面に置《お》いてみる。するとクッキー＆クリームがわたしのほうを向いて、鼻をひくひくさせた。で、おそるおそる、ぴょん、ぴょんとパセリに近づいてきた。ほかのウサギたちは小屋のなかに残《のこ》ったままで、壁《かべ》に体を押《お》しつけてる。みんな鼻をひくつかせてる。

「パセリだよ！　おいしいよ！　健康的《けんこうてき》だし。鉄分が多いの。強くなりたいでしょ？　心臓《しんぞう》も強くしたいよね？　怖《こわ》さのあまり死んじゃうのはいやでしょ？　ほら、おいで！」

いかにもじれったそうな、いらいらした声になってるのが、自分でもわかる。これじゃだめだ。クッキー＆クリームも、仲間《なかま》たちのところにぴょんぴょんもどってしまった。ウサギを相手にするときには、とにかくしんぼう強くないといけないんだ。まあ、いいか、あの子たちが出てこなくたって。小屋のなかにいてもべつにかまわない。けど、少なくともわたしのほうを見るくらいの礼儀《れいぎ》は見せてくれないかなあ。おたがいのおケツをじいっと見つめてるんじゃなくてさ。そこんとこよろしく、だよ。

あの手この手でおびき寄《よ》せたり、ぽっちゃりしたおしりをつついてみたりしてるうちに、ようやくみんな緑色の茎《くき》をもぐもぐ食べながら、同じほうを向いてずらっと並《なら》んでくれた。パセリが、よくばりな小さい口のなかへあっという間《ま》に消えていく。よし、ここでぐずぐずしてちゃだめだ！　わたしは手袋《てぶくろ》をはずすと、上着のポケットに入れておいた紙切れを出した。

「紳士《しんし》のみなさん、淑女《しゅくじょ》のみなさん、そしてなにより、ウサギのみなさん！　みなさんがなに考えてるか、わかりますよ……えっと……なんだあれ、バービー人形の髪《かみ》の毛《け》をむしり取ったのかな？」

この出だしは、どうやら大失敗《だいしっぱい》みたい。まあ、言いかたがいまいちだったのは自分でもわかる。しかもいまは毛糸の帽子《ぼうし》をかぶってるから、髪《かみ》の毛《け》は見えないんだよね。ウサギたちはわたしのほうを見てもいなくて、まっすぐ前を向いたまま、ずうっとパセリをもぐもぐやってる。

わたしはその場で何度か足踏《あしぶ》みをした。紙切れを見下ろす。息を吸《す》いこむ。

「知ってるかどうか知らないけど、わたしの家ってすぐそこなのね。アパートで、パパといっしょに暮《く》らしてる。で、わたし、音楽を流すのが好《す》きなの。大音量《だいおんりょう》で。けど、それがまずくてね。となりに住んでる人が、いつもすっごくきげん悪いわけ。音楽を流すたびに壁《かべ》をたたいてくるの。こんなふうに！」

わたしは力をこめて壁《かべ》をたたいてるふりをしてみせた。クッキー&クリームがわたしを見上げる。ヘーゼルが鉢《はち》のパセリに食いつこうとして体を伸《の》ばす。

「もう、めっちゃむかつくよ、だって大音量《だいおんりょう》で音楽聴《き》くの好《す》きなんだもん！　だからいつも、その人の頭がこんがらがるようなことを言ってやるんだ。きのう壁《かべ》をたたかれたときには、大声でこう言ったよ。〈遠まわりしてきて！　ここの壁《かべ》は開けられないの。そっちはドアノブがあるのかもしれないけど、こっちはなんにもない……ただの平らな壁《かべ》なの！〉」

わたしは反応《はんのう》を待った。けど、なんにも返ってこない。カシューなんか、またそっぽを向いてしまった。向かい側《がわ》の囲《かこ》いのなかでメエメエ言ってるヤギを見てる。わたしは咳払《せきばら》いをした。クッキー&クリームだけをじっと見つめて、つづける。

「きのう、パパが自分の写真を見せてくれたんだけどね。こう言ったの。〈ほら、パパがいまより若《わか》かったときの写真だよ〉って。わたし、思わずパパをじっと見ちゃったよ。だって……意味わかんなくない？　パパを撮《と》った写真はどれだって、パパがいまより若《わか》かったときの写真でしょ。いまわたしがパパの写真を撮《と》ったって、それはパパがいまより若《わか》かったときの写真になるよ。一秒だけかもしれないけどさ」

ウサギたちは鉢《はち》に残《のこ》ったパセリをもぐもぐ食べてる。

もう一度だけやってみよう、これで最後《さいご》だ。わたしはジャケットのファスナーを下ろして、セーターを指さした。

「ほら、見て、タートルネックのセーター。タートルネックって苦手なんだ。朝から晩《ばん》まで一日じゅう首絞《し》められてるみたいなんだもん。めちゃくちゃ力の弱い人にね」

ウサギたちは気にもかけてないみたい。地面のにおいをくんくん嗅《か》いでる。パセリはなくなった。わたしはいらいらしてきた。

「あのさあ、あんたたちがわたしをどう思うかって、わたしがどれだけパセリを持ってくるかにかかってるわけ⁉」

そのとき、顔を上げたわたしは、フェンスのそばにテューラとマッティーナがいるのに気づいた。こっちをじいっと見てる。テューラはちょうどピンク色のチューインガムをふくらませたところで、ガムがゆっくりしぼんで、テューラの唇《くちびる》をぐちゃっと覆《おお》った。

「なにあれ」マッティーナが言う。

「なにやってんの？」テューラはついにびっくり状態《じょうたい》から立ちなおったらしく、またくちゃくちゃガムをかみはじめてる。

「ウサギと話してるんだけど。あんたは？」

「ウサギと……話してる？」

テューラはいま聞いたことが信《しん》じられないって顔で、マッティーナを見た。で、ふたりとも笑《わら》いだした。いじわるな、大きな笑《わら》い声《ごえ》。

「なにがおかしいの？　どこかのだれかさんと話すのに比《くら》べたら、ウサギと話すほうがまだ意味あるよ」

自分のことを言われてるってテューラが気づくように、わたしはテューラをにらみつけた。

「ちょっと、サーシャ。マジでおかしくなっちゃった？」テューラが言う。

「なにそれ、どういう意味？」

「あんたがヤバいってことは、みんなわかってるけどさ」テューラがつづけた。

「ほら、児童精神科《じどうせいしんか》に行ってるとか、いろいろ」マッティーナも言う。

「でも、そこまでとはねえ？　血筋《ちすじ》だよね。気をつけないと、マジで欠陥品《けっかんひん》になっちゃうよ。あんたのママみたいにさ」

爆弾《ばくだん》みたいな怒《いか》りが燃《も》え上《あ》がって、気がついたらわたしはわめきながらフェンスに突進《とっしん》してた。マッティナとテューラはほんの一瞬《いっしゅん》、わたしをぽかんと見つめてたけど、つぎの瞬間《しゅんかん》にはくるっと向きを変《か》えて走りだした。甲高《かんだか》い悲鳴が公園にひびきわたる。どこから力がわいてくるのか、自分でもわからないけど、わたしはとにかくハシゴを両手でつかむと、ひょいっとフエンスを飛《と》び越《こ》えた。一発で成功《せいこう》。まるで足にバネがついてるみたい。わたしはふたりを追いかけて全速力で走った。追いついてつかまえたらなにをするつもりなのかは自分でもわからない。とにかくつかまえることしか考えてなかった。

マッティーナは坂を駆《か》け上《あ》がってブルメンベリ通りのほうへ走っていったけど、テューラはもたついてる。こっちを振《ふ》りかえったテューラの目から、ちょっとパニックになってるのが見てとれた。けど、どうでもいい。頭のなかはテューラの言葉でいっぱいだ。

血筋《ちすじ》だよね。気をつけないと、マジで欠陥品《けっかんひん》になっちゃうよ。あんたのママみたいにさ。

近づいてる。差《さ》はもう数メートルしかない。わたしはさらにスピードを上げた。足がアスファルトをたたく。自分の息づかいが、頭のなかでもっと大きくなって聞こえる。テューラはもう悲鳴をあげてない。ひたすら走ってる。

ついにテューラの紺色《こんいろ》のジャケットに手が届《とど》いて、わたしは全力でそれを引っぱった。

「放してよ！」テューラが叫《さけ》ぶ。「マッティーナ！　助けて！」

けど、マッティーナは止まらない。そのまま商店街《しょうてんがい》のほうへ走っていく。テューラは体を振《ふ》りほどこうとしたけど、わたしはジャケットを両手でがしっとつかんで、テューラを引っぱって木の幹《みき》に押《お》しつけた。わたしの顔はいま、テューラの顔からほんの数センチのところにある。ふたりともぜいぜい息を切らしてる。テューラの息はいちごガムのにおいで、ばっちりメイクを決めた目は、恐怖《きょうふ》のあまりまんまるになってた。わたしは歯を食いしばったまま、吐《は》きすてるように言った。

「もう。二度と。二度と！　そういうことは。言うな。わかったか！　さもないと、思い知らせてやるからな、この欠陥品《けっかんひん》！」

わたしはもう一度、テューラをぐいっと木に押《お》しつけてやってから、ぱっと手を離《はな》して、半歩うしろに下がった。

「あんた、マジで頭おかしい！」テューラが叫《さけ》ぶ。

泣《な》きそうな声になってるけど、べつにどうでもいい。わたしもやりすぎたとは思うけど、べつにどうでもいい。のちのち困《こま》るだろうけど、べつにどうでもいい、どうでもいい、どうでもいい。

とっておく、捨《す》てる、だれかにあげる

ママが死んだとき、わたしは三日間学校を休んだ。もっと休んでもいいってパパには言われたけど、それ以上《いじょう》は休みたくなかった。パパは掃除《そうじ》ばっかりしてた。まるでロボットみたいに集中してた。アパートのなかをどすどす歩きまわって、戸棚《とだな》、本棚《ほんだな》、クローゼット、ひきだし、ありとあらゆるところから、ものを引っぱり出した。ママのものだけじゃなくて、とにかくたくさん。化粧品《けしょうひん》、ドレス、バッグ、帽子《ぼうし》、靴《くつ》、メガネ、ヘアスプレー、シャンプー、本。

そうしてできた、いろんなものの山を、パパはリビングで仕分けした。とっておくもの、捨《す》てるもの、だれかにあげるもの。ママの化粧品《けしょうひん》は、わたしが欲《ほ》しかったからもらった。ママの香水《こうすい》も〈捨《す》てる〉の山に入ってたのを、わたしが救《すく》い出《だ》した。それはいま、わたしの部屋にあるけど、香《かお》りを嗅《か》いでみる勇気《ゆうき》はまだない。泣《な》いちゃうかもしれないのが怖《こわ》くて。いったん泣《な》きだしちゃったら、泣《な》きやむことなんて二度とできないと思うから。

学校にもどるまえの日の夜、パパが、なにがあったかセシリアに話さないといけない、セシリアからクラスのみんなに話してもらわないと、って言った。わたしはパニックになった。なんでみんなに知らせないといけないの？　セシリアになんて言うつもり？　そんなことしないでってわたしは叫《さけ》んだ。ぜったいやめて、って。するとパパは、おまえにとってどうするのがいちばんいいかはちゃんとわかってる、おまえのパパなんだからって言った。わたしは、セシリアに話したりなんかしたら自殺《じさつ》してやるって言った。考える間《ま》もなかった。気がついたらそう言ってた。パパははっと動きを止めた。それからゆっくり振《ふ》りかえって、歯を食いしばったまま、こう言った。

「そういうことを言うんじゃない」

そして、叫《さけ》んだ。

「そういうことを言うんじゃない！」

パパは、ものの山に囲《かこ》まれてた。〈とっておく〉〈捨《す》てる〉〈だれかにあげる〉の山に囲《かこ》まれてた。それでわたしは、〈捨《す》てる〉の山にわたしも入ったほうがいいんじゃないかと思った。もう捨《す》ててほしい、そうしたら、ぜんぶから逃《に》げられる。でも、ぜんぶから逃《に》げることはできない。無《む》理《り》なんだ。だからわたしは叫《さけ》んだ。言葉もなく、のどがすり切れそうな声でわめき散《ち》らした。それから自分の部屋に駆《か》けこんで、バタンッてドアを閉《し》めた。枕《まくら》で顔を覆《おお》った。まえに自分でつくって、自分の名前を刺繍《ししゅう》した枕《まくら》。ものすごくまえの話だけど。クロスステッチ、アウトラインステッチ、チェーンステッチ。マッタは〈宇宙一《うちゅう》のママ〉って刺繍《ししゅう》してたけど、わたしはちがった。刺繍《ししゅう》したのは自分の名前だった。われながらとってもよくできたと思ったから、枕《まくら》はママにあげるんじゃなくて、自分のものにしたかったんだ。なんてわがままだったんだろう。わたしは枕《まくら》をもっと強く顔に押《お》しつけた。もうこの世界のなにも見たくない。なにも聞きたくないし、感じたくもない。しばらくしたらパパが来て、ドアをノックした。涙《なみだ》で声がくぐもってた。パパはベッドに腰《こし》かけて、わたしの顔から枕《まくら》を取ろうとしたけど、わたしはそうさせなかった。ぎゅっと枕《まくら》を押《お》しつけたまま離《はな》さなかった。まるで酸素《さんそ》マスクみたいに――そのせいで逆《ぎゃく》に息がしにくかったけど。パパはわたしの脚《あし》をそうっとなでた。

「ごめんな、サーシャ。ごめん。おまえに怒《おこ》ってるんじゃない。ママに腹《はら》を立ててるんだ」

「なんでママに腹《はら》を立てたりできるの?」わたしは枕《まくら》の奥《おく》からそうきいた。息が詰《つ》まったような声になった。「病気なのに! パパ、そう言ってたじゃん、ママは病気だって。病気の人に怒《おこ》るなんておかしいでしょ?」

わたしはまちがいに気づいて訂正《ていせい》した。つぶやくような声になった。

「じゃなくて……死んだ人に、怒《おこ》るなんて」

「どうだろうな、わからない……パパのだいじな、だいじなサーシャ。パパにもわからないよ。おかしいのかもしれない。でも、それでも腹《はら》が立つんだ」

＊＊＊

パパはけっきょく、セシリアに話した。で、わたしがいないときに、セシリアがクラスのみんなに話した。わたしはその場にいたくなかった。セシリアの話を聞いてショックを受けるみんなの顔は見たくなかった。知りたがりなみんなの質問《しつもん》も聞きたくなかった――いつ？ どうして？ どんなふうに？ こんなことを考えてるみんなの顔も見たくなかった――うちじゃなくてよかった。うちのママは生きててよかった。そして、つぎの瞬間《しゅんかん》にはぜんぶ忘《わす》れて、こんなことを言うのも聞きたくなかった――ええっ、きょうの給食《きゅうしょく》、豚《ぶた》の血のソーセージ？ 最《さい》悪《あく》！

わたしが教室にもどると、クラスはへんな雰囲気《ふんいき》だった。廊下《ろうか》にも、へんな沈黙《ちんもく》が流れてた。振《ふ》りかえってわたしを見る顔。ひそひそ声、じろじろ見てくる目。

正しいことをしてくれたのはマッタだけだった。そのまえから友だちではあったけど、いまほど仲良《なかよ》くなくて、学校の外で会うこともなかった。けど、マッタはうちに来てくれて、玄関《げんかん》のドアをノックしてきた。最初《さいしょ》に来てくれたとき、わたしはドアを開けなかった。するとマッタは、郵便《ゆうびん》受けにチョコレートと紙切れを入れておいてくれた。紙切れにはこう書いてあった。

〈ハリー・ポッターは、吸魂鬼《ディメンター》におそわれて生きる気力をなくしたとき、チョコレートを食べて元気になった。ほんとに効《き》くかわからないけど、ためしてみよう〉。

それが、すごくうれしかった。〈ためしてみて〉じゃなくて、〈ためしてみよう〉って書いてくれたことが。わたしはひとりきりじゃないんだって思えたから。二度めにマッタが来てくれたとき、わたしはドアを開けた。三度めも、四度めも。それからも、ずっと。マッタはそのたびにチョコレートを持ってきた。わたしたちふたりで、アスプウッデンのICAスーパーに置《お》いてあるチョコレートを全種類制覇《ぜんしゅるいせいは》したんじゃないかと思う。まるごとナッツ入り。ファッジ&シーソルト。ヘーゼルナッツ&ミルク。オレンジ&ブリトル。チョコレートバーのヤップ、ダイム、スニッカーズ。ぜんぶ。チョコレートのおかげで、ほんとに気分がよくなった。マッタのおかげでね。しばらくのあいだ、なにもかも忘《わす》れられた。そんなにたくさんおしゃべりをしたわけじゃない。たいていは映画《えいが》を見たり、ユーチューブを見たりしてた。でも、マッタがとなりにすわってた。そばにいてくれた。くるくるの金髪《きんぱつ》。〈OBEY《オベイ》〉って書いてあるキャップ。なにか言うときの興奮《こうふん》した早口。こうして、マッタはわたしのいちばんの親友になった。

人がよく言う、バカみたいなこと――

1．「どんな気持ちかわかるよ！」。いや、わかってない。ぜったい。ぜったいわかってない。わかってる可能性なんて、百万にひとつもない。

2．「サーシャは強いね！　わたしだったら耐《た》えられない！」。強いってなに？　あんたになにがわかるの？　だいたい、ほかに選択肢《せんたくし》があるように見える？

3．「いくじなしだよね、自殺《じさつ》するなんて！」。わかんないのかな、めっちゃおかしいこと言ってるって。だれかが肺《はい》がんで亡《な》くなったとしたら、その人がいくじなしだなんて言わないでしょう？　だれかが心臓発作《しんぞうほっさ》で亡《な》くなったとしたら、その人がいくじなしだなんて言わないでしょう？　ママはうつ病で死んだ。そういう病気だったの。ママがいなくなってしまったことには、すっごく腹《はら》が立つ。ママがいなくて、頭が破裂《はれつ》しそうなくらいさびしい。けど、ママがいくじなしだったとは思わない。

4．「自殺《じさつ》するなんて、わがままにもほどがある！」。そんなことはない。ママは、世界がひどい場所だと思ってて、しかも自分のせいで世界がもっとひどい場所になってるって思いこんでた。わたしやパパの人生が、自分のせいでめちゃくちゃになってるって。自分がいないほうが、パパも、わたしも、きっと幸せだろうって。そんなふうにママが思いこんでしまったのは、とんでもなく悲しいことだけど、とにかくママはそう考えてた。知ってるんだ、だってママに一度、そう言われたから。それはちがうよ、ぜんぜんそんなことないよってわたしは言った。何度も言った。でも、ママには聞こえてないみたいだった。

5．「どういうふうにして亡《な》くなったの？」。そうきかれると、わたしは憎《にく》しみでいっぱいになる。だって、これはわたしのためを思ってきいてるんじゃない。あとでウワサしたいからきいてるだけ。事実に飛《と》びついて、わたしがいないときにあれこれウワサするため。言っとくけど、わたしだって知らないよ！　一生知りたくないんだよ！

6．「でも、サーシャ、いつも楽しそうじゃん！」。ほかにどうすりゃいいっていうの？　表《おもて》に出したくないだけだって、わかんないのかな？　他人を巻《ま》きこみたくない。これはわたしの悲しみ。わたしのママのことなの。口出しするな！

7．「どんなことにも意味がある」。そんなの大うそだ。ばかばかしいとしか思えない。ママが死んだことは、どこからどう見たって無意味《むいみ》そのものだ。

8．なにも言わない。なにひとつ、言葉をかけてくれない。

テューラのお母さんが、うちのパパに電話してきた。めちゃくちゃ怒《おこ》ってる。電話に向かってわめいてる言葉が、わたしにまでぜんぶ聞こえてきた。たいへんな状況《じょうきょう》なのはわかりますけど、それにしたって限度《げんど》ってものがあります！　とかなんとか。わたしはどうやら、テューラを心底怖《しんそここわ》がらせただけじゃなくて、四千クローナもするジャケットをだめにしたらしい。縫《ぬ》い目《め》がほつれちゃったんだって。まっ先に思ったのは――四千クローナもするジャケットを買うやつなんていうの!?　それに、縫《ぬ》い目《め》がほつれたくらいで〈だめにした〉って、おおげさじゃない？

「いったいなにがあったんだ？」テューラのお母さんに七回は謝《あやま》って、電話を切ったあとで、パパがそうきいてきた。

わたしたちは食卓《しょくたく》に着いてる。電話が長びいたせいで、ポテトスープがちょっと冷《さ》めちゃってる。

「なにって言われても。あいつが失礼《しつれい》だったの。いじわるなこと言ってきたの」

パパがともした小さいキャンドルの溶《と》けた蠟《ろう》に、人差《ひとさ》し指《ゆび》の先っぽをつけてみる。熱《あつ》くてちくっとする。容器《ようき》の底《そこ》まで中指をつっこんでみる。痛《いた》みで顔がゆがんだ。

「いじわるなことって？　ろうそくで遊ぶのやめなさい！」

わたしはなにも言わない。ママのことを欠陥品《けっかんひん》って言われたなんて言いたくない。気をつけないとママみたいになるよって言われたなんて。パパを悲しませたくない。心配させたくない。

「話してくれないか？」

パパがメガネのフレームの上からわたしを見る。仕事用のシャツはもうぬいでて、洗《あら》いすぎて色あせたグレーのTシャツに着替《きが》えてる。

「そもそも、公園でなにやってたんだ？　ウサギの囲《かこ》いのなかにいたって聞いたけど」

なんて答えたらいいの？　〈スタンダップの練習〉？　わたしは肩《かた》をすくめた。指にこびりついた蠟《ろう》をこすり取る。小さな白い帽子《ぼうし》みたいになってる。

「サーシャ……いったいどうしちまったんだ。ここ最近《さいきん》……髪《かみ》の毛《け》のこともそうだし、本を読むのをやめるって話も、かんしゃくを起こすのも。こんなかんしゃく、許《ゆる》されないぞ！　怒《おこ》ってうまくいくことなんてなにもない」

「悪いけど、髪《かみ》の毛《け》は関係《かんけい》なくない？」

「いや、ただ……心配なんだよ、おまえが……このまま、もとにもどれなくなるんじゃないかって」

わたしはあきれて天をあおいだ。

「そういう顔をするんじゃない！　話をしてくれよ、じゃないと困《こま》る！　どんなことがあったのか、ちゃんとパパに話してくれ！　おい、聞いてるのか⁉　ジャケットの弁償《べんしょう》で四千クローナも払《はら》えない！　そんな金はないんだ！　だから……だから、代わりにつくろって直しなさい」

わたしはあっけにとられてパパを見た！

「そんなことするくらいなら、これを脚《あし》につき刺《さ》したほうがまし！」

わたしはそばにあったナイフをつかんだけど、それは木でできたバターナイフだったので、たぶんインパクトはいまひとつだった。

パパは髪《かみ》をかき上げてため息をつくと、パンにかぶりついた。それからしばらく、ふたりとも黙《だま》ってて、わたしは怒《いか》りのおさまらないまま、冷《さ》めたスープをぱくぱく口に運んだ。

「わかるんだよ、おまえが……その……つらい思いをしてるってことは。それで……怒《おこ》るってのがおまえの反応《はんのう》のしかたなんだろうな……なんていうか……」

パパがちょうどいい言葉を探《さが》してる。

「……悲しむ代わりに、怒《おこ》るのが」

「だって、ひどいこと言われたらさ、そりゃ怒《おこ》るって反応《はんのう》になるよ。代わりにめそめそ泣《な》けっていうの？　それがパパのアドバイス？」

「いや、そういうことじゃないよ。そういうことじゃないが……けっきょく、なんて言われたんだ？」

「もう、どうでもいいじゃん！　あいつは公園のブタよりきたないことを言ったの、それだけは言える。あいつのジャケットをつくろうくらいなら、わたし家出する」

「はいはい、わかったわかった。もうそういうことでいいよ。おまえがつくろわなくてもいい。商店街《しょうてんがい》のガブリエルの店に持っていって直してもらおう。あちらさんだって、新品を買って弁償《べんしょう》しろとまでは言わないだろうし」

わたしはふうっと息を吐《は》いた。テューラのジャケットをちくちく縫《ぬ》わされるなんて屈辱《くつじょく》、とても耐《た》えられそうにないもん。

「しかし！　その代わり、もう一度児童精神科《じどうせいしんか》に行くぞ」パパがきびしい声で言う。

「うそ、やだ！」

「うそじゃない！　あのリンって心理士《しんりし》に会って、ぜんぶ話すんだ……かんしゃくについても」

わたしは大きなため息をついた。

「わかったよ。行けばいいんでしょ、で、あのリンとかいう人に会えばいいんでしょ。これって脅迫《きょうはく》だと思うけど、まあいいよ」

「それ以上《いじょう》口答えしたら、自分でジャケットつくろってもらうぞ」

「うわぁ、またリンに会えるなんて、すっごく楽しみ！」わたしは明るい声で言った。わざとらしさはほとんどなかった。

きげんは最悪《さいあく》だし、ふつうじゃありません

児童精神科《じどうせいしんか》の待合室にいるときに、パパが、今回はリンの部屋に入ったらほんとうの気持ちをちゃんと言うんだぞって言ってきた。まえみたいに〈明るい〉とか〈ふつう〉とか、そういう言葉ばっかり使うのはやめなさいって。わたしはパパからずっと目をそらしてたけど、内心は真っ赤に燃《も》えるマグマみたいだった。わたしがなにを言っていいか、なにを言っちゃいけないか、パパが決めるってどういうこと？

きょうのリンは、サメの絵の描《か》いてあるグレーのTシャツを着てた。サメはめちゃくちゃ凶《きょう》暴《ぼう》そうで、ぱっくりあけた口のなかに、すごくとがった歯が百本くらい見える。で、口のまんなかにこう書いてあった――〈Wish you were here《ウィッシュ・ユー・ワー・ヒア》〉。おまえがここにいたらいいのに、って。

パパとわたしはリンの部屋で腰《こし》を下ろした。わたしは前回と同じひじかけ椅子《いす》を選《えら》んだ。パパとリンも、まえと同じ椅子《いす》にすわった。テーブルにはポケットティッシュが置《お》いてある。わ

たしが泣《な》くだろうって、冷静《れいせい》に予想されてるみたい。

「サーシャ、きょうの気分はどう?」リンがきいてくる。

「きげんは最悪《さいあく》だし、自分がふつうじゃないって思います」とわたしは答えて、パパをにらみつけた。

パパが咳払《せきばら》いをする。

「あの、じつは……サーシャに言ったんです、つらいことをちゃんと話したほうがいいぞって……自分がふつうだってことを証明《しょうめい》しようとしなくていい、とも言いました。そういう問題じゃないんだからって」

わたしのなかで、なにかがぐつぐつ沸騰《ふっとう》する。マグマだ。爆発《ばくはつ》して、部屋じゅうに飛《と》び散《ち》りそうなマグマ。

「知ってます? パパがどうしてわたしをこんなところに引きずってきたか!」わたしはリンに向かって叫《さけ》んだ。

パパはショック状態《じょうたい》だ。でも、リンはちがう。きっと慣《な》れてるんだろう。ここでは毎日、子どもがわめき散《ち》らしてるんだろうから。

「おい、サーシャ!」パパが言う。

「教えて」リンがおだやかに言った。

「わたしがときどき、ちょっと腹《はら》を立てることがあるのを、パパはと、ん、でも、な、い大問題だと思ってるんです。代わりに泣《な》くべきだと思ってるの。ママが自殺《じさつ》したからってだけで！　けどね、パパ！　人それぞれなの！　みんながみんな泣《な》くわけじゃないの！　わたしが男の子だったら、ここまで気にしてた？　しないでしょ！　男の子だったら、泣《な》かなくたってぜ、ー、ん、ぜ、ん、ふつうだもんね！　おっと、ごめん、禁止《きんし》された言葉使っちゃった！」

わたしは両手でがばっと口を覆《おお》ってみせた。

「おいおい、なあ、サーシャ。パパはただ心配なんだ、おまえが……悲しみをうまく発散《はっさん》できてないんじゃないかって。パパだって男だけど、泣《な》いてるだろ」

「パパはどんなことでも泣《な》くじゃん！　テレビで〈もよう替《が》えビフォーアフター〉見ただけでも泣《な》いてるじゃん。レベルがちがうんだよ！　ひょっとして、パパのほうがふつうじゃないのかもしれないよ。考えたことある？」

パパがぐっと歯を食いしばる。なにか言いたいけど、がまんしてるみたい。

みんな、しばらく黙《だま》ってた。リンはなにか考えこんでるみたい。やがて咳払《せきばら》いをした。

「あのですね、お父さん。できればサーシャとふたりきりで少し話がしたいんですが。さしつかえなければ、待合室でお待ちいただけますか？」

パパはびっくりした顔でリンを見た。

「ああ、ええ、はい、もちろん」

「かまわないかな、サーシャ？」リンがきいてくる。

「べつに、どこでも好《す》きなところにいればいいと思います」

パパが立ち上がってドアを開ける。メガネのフレームの上からわたしをちらっと見て、部屋を出て、そうっとドアを閉《し》めた。静《しず》かになった。リンは金髪《きんぱつ》の長く伸《の》びた前髪《まえがみ》を耳にかけた。

「ふたりだけで話したほうがいいこともあるからね」

わたしはなにも言わなかった。だって、

1. 明るい
2. ふつう
3. 怒《おこ》ってる

このどれにもなっちゃいけないってなったら、どうしたらいいのかわからない。それなら黙《だま》ってるのがいちばんだ。

「なにかゲームでもする？」リンが言った。

はてなマークになったわたしの目を見て、リンはつけくわえた。

「しゃべるときにね、ゲームをしながらしゃべったほうが楽なこともあるから。こんなふうに、ただ向かいあって……相手をじっと見ながら話すのは、ちょっと気まずいって思う人が多いの」

リンは棚《たな》へ向かうと、紙の箱をいくつか手に取った。

「オセロと、メンシュ*があるね。トランプもあるし、〈キツネとガチョウ〉っていうのもあるし、あと……〈吸血鬼狩《きゅうけつきが》り〉ってゲームもある。吸血鬼《きゅうけつき》のいるお城《しろ》に閉《と》じこめられたって設定《せってい》で、お城《しろ》から出られるように、たいまつと鍵《かぎ》を探《さが》すの。で、そのあいだ、吸血鬼《きゅうけつき》にやられないようにしないといけない。やられたら死んじゃうの。で、自分も吸血鬼《きゅうけつき》になって、ほかのプレイヤーを追いかける側《がわ》にまわるわけ。すっごく楽しいよ！」

やられたら死んじゃうの。すっごく楽しいよ！

「やってみたい？」

「べつに」とわたしは答えた。

冷《つめ》たい、硬《かた》い声になった。

「わかった」リンはそう言って、またひじかけ椅子《いす》にすわった。

それからずっと黙《だま》ってた。一分たった。三分、七分。わたしたちのあいだの小さなテーブルに、目覚《めざ》まし時計が置《お》いてあって、その赤い秒針《びょうしん》が数字から数字へ、かくん、かくんと動いてるのが見える。頭のなかの考えが、いろんなところへ飛《と》んでいく。飛《と》んでいってほしくないのに。あぶないから。いつだって、考えたくないことのほうに行ってしまうから。ママ。ふいに映像《えいぞう》が頭にうかぶ。ママがキッチンですわってる。わたしはその映像《えいぞう》を押《お》しのける。あのリストを思いだそうとする。死なないために、気をつけなきゃいけないこと。髪《かみ》をばっさり切る。OK。生きものの面倒《めんどう》をみようとしない。OK。本を読まない。OK。着るのはカラフルな服だけ。OK。散歩《さんぽ》を避《さ》ける。森を避《さ》ける。OK。OK。

リストに書いたことはもう、ほとんどやってることにわたしは気づいた。まだちゃんとできてないのは、あとふたつだけ。考えすぎない。それから、最後《さいご》のひとつ――コメディ・クイーンになる！　でも、それももうすぐかなう。

リンがやさしい目でわたしを見てる。金色の前髪《まえがみ》がまた目にかかって、それを横に流してる。軽い貧乏《びんぼう》ゆすり。ワインレッドのブーツのひもがほどけてて、長い靴《くつ》ひもがゆらゆら揺《ゆ》れてる。わたしは飛《と》びついてそれを結《むす》びたくてたまらなくなった。ぎゅっと、きつく結《むす》びたい。

「いま、どんなこと考えてる？」リンが言う。

それはものすごく大きな質問《しつもん》、巨大《きょだい》な質問《しつもん》で、なんて答えたらいいのかわからなかった。さっきはリストのことを考えてたけど、いまはそのまえに頭にうかんだ映像《えいぞう》が、また入りこんできてる。追いはらいたいのに、消えてくれない。

キッチンで、食卓《しょくたく》に着いてすわったまま、ただじっと宙《ちゅう》を見つめてることがあったのを思いだす。ママ。動いてる途中《とちゅう》で、ふっと止まってしまう。固《かた》まって、そのままじっとしてる。一度、手に持った卵《たまご》の殻《から》をむきはじめたところで、いきなり動かなくなって、片方《かたほう》の手に卵《たまご》を、もう片方《かたほう》の手に白い殻《から》のかけらを持ったまま、完全《かんぜん》に固《かた》まってしまったことがあった。まるでママが映画《えいが》に出てて、だれかがその映画《えいが》を一時停止《ていし》させたみたいに。わたしはママの目の前にすわってたのに、ママにはわたしが見えてなかった。目がぼんやりしてて、なにも見てなかった。逆《ぎゃく》のほうを向いてるみたいだった。自分の内側《うちがわ》を向いてるみたい。

「わかりません」とわたしは言った。だって、なんて言ったらいいの？〈ママが卵《たまご》の殻《から》をむいてたのを思いだしてます〉とか？

「もしかして、どんなことを考えてるかはわかってるけど、どう言ったらいいかわからない？」

「靴《くつ》ひもがほどけてることについて考えてます」

わたしの声は怒《おこ》ってる。

「そう？」

リンは自分の靴《くつ》を見下ろした。

「で、どんなことを考えてるの？」

「靴《くつ》ひも踏《ふ》んじゃって、ころぶかもしれないなって。靴《くつ》ひもがエスカレーターにひっかかるかも、とか」

「結《むす》んでほしい？」

「好《す》きにすればいいと思います。階段《かいだん》でころびたいのかもしれないし」

「それはもちろん、ころびたくないな」リンはおだやかに言った。

そして身をかがめると、片方《かたほう》の靴《くつ》ひもをまず結《むす》んで、それからもう片方《かたほう》も結《むす》んだ。ちょっとやそっとじゃほどけない結《むす》び目《め》。二重結《むす》び。

「これでよし、と」

わたしたちは一分間、また黙《だま》ってた。約束《やくそく》の四十五分が過《す》ぎるまで、あと二十分。いつまでも終わらないんじゃないかと思う。

「人がけがをしたりして苦しむのが怖《こわ》いって思うこと、よくある？」リンがいきなり言った。

その質問《しつもん》に、わたしはびっくりした。そして、自分の答えを聞いて、もっとびっくりした。

「そうかもしれません。とくに、パパ。パパがタバコを吸《す》うのがいやなんです。ときどき吸《す》ってるの。わたしには気づかれてないって思ってるけど。あれだけにおいをさせてて気づかないわけないのにね。地面が凍《こお》ってるときに自転車に乗るのもやめてほしい。夜、出かけてジョギングするのもやめてほしいです」

リンはうなずいた。

「それは無理《むり》もないね。ほんとにたいへんなことになってしまった経験《けいけん》があるわけだから。人が苦しんで、そうして……消えてしまった経験《けいけん》。永遠《えいえん》にいなくなってしまった経験《けいけん》」

それを聞いて、のどが詰《つ》まったような感じがした。ずっしり重い、うっとうしいかたまりがのどをふさいでて、つばをのみこむこともできない。胸《むね》が苦しくなる。目の奥《おく》が熱《あつ》くなってくる、涙《なみだ》がいまにも流れだそうとしてるみたい。わたしはひたすら、ごくん、ごくんとつばをのみこんだ。何度も、何度も。念《ねん》のため、頭をうしろにのけぞらせて上を向く。涙《なみだ》が出てきちゃった場合にそなえて。あのうざいポケットティッシュを使うのはごめんだ。頭のなかでリストを復唱《ふくしょう》する。髪《かみ》をばっさり切る。OK。生きものの面倒《めんどう》をみようとしない。OK。本を読まない。OK……

「この話をすると悲しくなるのね」

「あの」わたしはあわてて言った。話題を変《か》えたくて。

「なあに?」リンが言う。

「いろんなことを感じないようにする方法《ほうほう》ってありますか? コツっていうか」

わたしはまだ上を向いたままだ。へんに見えるかもしれないけど、このさいどうでもいい。

「どういうことを感じたくないの?」

「感じたくないことがあるわけじゃなくて、ただの質問《しつもん》です。そういう場合はどうするのかなって」

リンは、うんって言ってから、じいっとわたしを見た。

「もし、だれかがわたしのところに来て、たとえば怒《いか》りとか、恐怖《きょうふ》とか、罪悪感《ざいあくかん》とか……悲しみとかを、なくすことはできるかってきいてきたら、それはできないって答えるな」

わたしははっとして背筋《せすじ》を伸《の》ばした。

「えっ？　できないの？　どういうこと？　じゃあ、精神科《せいしんか》に来る意味ってなに？」

リンは笑《わら》い声《ごえ》をあげた。

「それは、そういう感情《かんじょう》に……耐《た》えるやりかたを見つけること、かな？　うまくつきあっていけるようになることっていうか。そうしたら、かかえてるのが楽になると思うの」

「でも、じゃあ、消しちゃう方法《ほうほう》はひとつもないの？　追いはらう方法《ほうほう》は？」

「そうだね、もちろん、感情《かんじょう》を麻痺《まひ》させる方法《ほうほう》はある。たとえば、いつもいそがしくしていること。一日じゅうテレビゲームをしたり、買いものしたり……大人のなかには、お酒をたくさん、たくさん飲んで、感情《かんじょう》を麻痺《まひ》させてしまう人もいる。けど、それはあんまりよくないことだとわたしは思う。つらい感情《かんじょう》を麻痺《まひ》させてしまったら、ほかのこともぜんぶ麻痺《まひ》しちゃうから。すてきな感情《かんじょう》も、ぜんぶね。暗い気持ちを麻痺《まひ》させたら、喜《よろこ》びとか、創造力《そうぞうりょく》とか、好奇《こうき》心《しん》とか、希望《きぼう》とかも、かならず麻痺《まひ》しちゃうことになるの。わかる？」

「いや、でもさ。なんにも感じたくないっていう人が来たら？　感じる気力もないっていう人。そういう人が来たら、どうするの？」

「そうだね、そしたら、その人がなにを感じたくないのか、どうして感じたくないのかについて話をしましょうって提案《ていあん》するかな」

「でも……それって役に立つの？」

疑《うたぐ》り深《ぶか》い声になってるのが自分でもわかる。

「うん。役に立つよ。ちゃんと」

リンがわたしを見る。わたしはリンと目を合わせた。リンの眼《め》は明るいブルーだけど、まつ毛の色は濃《こ》い。この人の見かけについては、これまでほとんど気にしてなかった。もちろん、へんなTシャツはべつだけど。片方《かたほう》のほっぺに、ほくろが四つ。まるで雪に残《のこ》った野ウサギの足跡《あしあと》みたいに、ふたつずつ並《なら》んでて、それが縦《たて》の列になってる。片方《かたほう》の耳のてっぺんにピアスの穴《あな》があいてて、シルバーの輪《わ》っかがついてる。

そのとき、わたしは自分の言ったことがリンにどう聞こえたかに気づいて、あわてて背筋《せすじ》を伸《の》ばした。

「あのね。いま言ったこと、わ、た、し、が考えてるって思いましたよね。ママのこととかあったから、なにも感じたくないって思ってるんだろうって。そう思うのは無理《むり》もないかもだけど、でも、言っておくけど、そうじゃないんです。さっきのは、友だちのためにきいてみただけ。まえにきかれたことがあって……それで……そのときは答えられなかったんだけど、ここに来る予定がもうあったから、ついでにきいてみようと思って」

「なるほど」リンは言った。「じゃあ、さっきわたしが言ったこと、お友だちに伝《つた》えておいて」

「はい、もちろん」わたしは言った。「ちゃんと伝《つた》えます」

わたしたちはにっこり笑《わら》いあった。誤解《ごかい》がとけてよかった。リンがひょこひょこ足を動かす。

さっきほどけてた靴《くつ》ひもも、いまはしっかり結《むす》んである。

＊ ドイツ生まれのボードゲーム。百年以上《いじょう》の歴史《れきし》がある。

あれも、これも、ぜんぶちがう

ときどきね、街《まち》を歩いてて、ママだ、って思うことがあるんだ。先週なんか、ママみたいに見える女の人がいたってだけで、しばらくその人のあとをつけちゃった。ママと同じベージュのコートを着てて、髪《かみ》の毛《け》も同じチョコレート色で、靴《くつ》のヒールを地面に打ちつけるときの感じも同じだったの、きっぱりって感じで。でも、ママじゃなかった。その人が振《ふ》りかえって目が合ったとき、目がちがうって思った。ママの目じゃない。口もちがった、ママの口じゃない。体もちがった、ママの体じゃない。その人がなにか言った。たぶん、なにか用？ってきいたんだと思うけど、わたしは答えなかった。声がちがったから。離《はな》れたかったけど、歩けなかった。凍《こお》ってアスファルトにこびりついちゃったみたいだった。そしたらその人、わたしににっこり笑《わら》いかけてくれた。やさしい笑顔《えがお》だったけど、それもちがった、だって、ママの笑顔《えがお》じゃないから。

その人のぜんぶがちがった。あれも、これも、なにもかも、ぜんぶ。

真っ赤な怒《いか》りが、頭のなかで花火みたいに破裂《はれつ》した。その人に腹《はら》が立ったわけじゃない。ママに腹《はら》が立ったわけでもない。わたし自身に、だ。なんでこんなにバカなの？　ママだと思うなんて、うっかりもいいところじゃない？　ママは死んだんだよ！

わたしはあとずさった。何歩かうしろに下がってから、走りだした。走って、走って、走りまくった。一度も立ちどまらずに、家まで走った。

悪魔《あくま》がくっついてる

「あのさ、いま聞いた話、もう一回たしかめたいんだけど」マッタがむずかしい顔をしてわたしを見る。

わたしは肩《かた》をすくめた。めちゃくちゃへんな話だって、自分でもわかってるんだ。

わたしたちはヘーゲシュテン通りを歩いてる。いつ以来《いらい》だかわかんないくらい久《ひさ》しぶりに、日差《ひざ》しがあったかい。卵《たまご》の黄身と同じ色をした光が、薄《うす》いブルーの空から地上を照《て》らしてる。ついに四月が本気を出したわけ！　もうすぐ五月になるってころにね。

わたしは片手《かたて》に、テューラのやたらとお高いジャケットを入れた袋《ふくろ》を持ってて、もう片方《かたほう》の手でマッタの弟、通称《つうしょう》バンジョー・キラーの手を握《にぎ》ってる。バンジョー・キラーはマッタとわたしのあいだを歩いてる。かなりよごれた赤のオールインワンを着てて、青い帽子《ぼうし》には猫《ねこ》の絵がついてて、その下から金髪《きんぱつ》の巻《ま》き毛《げ》がはみ出てる。マッタと弟はけっこう似《に》てるんだ。一度マッタにそう言ったら、そんなの侮辱《ぶじょく》だって顔してたけど。バンジョー・キラーの手はジャムでべたべたで、マッタは手を握《にぎ》るのをいやがってたけど、バンジョー・キラーのほうはそんなこと気にしない。五メートル進むごとに、腕《うで》を引っぱって持ち上げてほしがる。そうすると飛《と》んでるみたいになるからね。そのたびに、うれしそうに大声で叫《さけ》ぶ。

「ホーイ！」

マッタは弟の面倒《めんどう》をみさせられるのがいやみたいだけど、わたしはかまわない。かわいいし。きょうだいがいるって楽しいだろうな。それに、自分の親がどんなふうか、知ってる人がちがった、自分の親がどんなふうだったか

知ってる人がほかにもいて、話ができるって、いいなと思う。

六歳《さい》になったときのわたしの欲《ほ》しいもののリストは、こんな感じだった。

1. 犬
2. 犬
3. 犬
4. 犬

5．犬
6．犬
7．お姉《ねえ》ちゃんかお兄《にい》ちゃん
8．弟か妹

パパとママがこれからお姉ちゃんかお兄ちゃんをつくれるわけがないってことには、まだ気づいてなかったんだよね。

マッタとバンジョー・キラーのお父さんとお母さんは、いまイケアで買い物してる。イケアにバンジョー・キラーを連《つ》れていくのは無理《むり》なんだって。というのもバンジョー・キラーは、イケアをだれかの家だと思ってる。すっごく大きな家に人がたくさん住んでて、自分たちはそこに遊びに行くんだって思ってるらしい。

前回はクローゼットのなかに隠《かく》れてた。どうやら、お店にいた知らない人に、かくれんぼするよって言ったらしい。ところが、残念《ざんねん》ながら自分の親にはなんにも言わなかった。それで一時間半、お父さんと、お母さんと、マッタと、それからイケアの人たち五、六人、みんなで探《さが》しまわるはめになった。お父さんとお母さんはけっきょく、バンジョー・キラーが誘拐《ゆうかい》されたんだと思って、警察《けいさつ》を呼《よ》んだ。いや、警備《けいび》の人を呼《よ》んだんだったかな？　忘《わす》れちゃった。マッタのお父さんは立っていられなくなるほど大泣《おおな》きした。売りもののベッドに倒《たお》れこんで、クナーヴェルって名前の枕《まくら》に顔をうずめて泣《な》きわめいた。なんで枕《まくら》の商品名がわかったかっていうと、その枕《まくら》を買いとらなきゃいけなくなったから。マッタのお父さんのつばが枕《まくら》についちゃったもんだから、もう売りものにならないって、イケアの人がおかんむりだったらしい。値段《ねだん》は四百九十九クローナ。あとでマッタのお母さんが、よだれを垂《た》らすならもう少し安い枕《まくら》にできなかったの？　って言ったんだって。たとえばスローンっていう枕《まくら》なら、たったの十五クローナよって。するとマッタのお父さんは、しかたないだろ、おれはちがいのわかる男なんだって答えたらしい。

ようやくバンジョー・キラーが見つかったのは、お店に来てたどこかの知らないおばあさんが、このすてきなクローゼット、買おうかしらと思って扉《とびら》を開けたときだった。それで、なかから小さな子どもがころがり出てきて、まるくなったまま動かなくて、おばあさんが悲鳴をあげたものだから、半径《はんけい》百メートル以内《いない》にいた人たちの動きが止まった。みんな氷みたいに固《かた》まった。それはそれはすさまじい悲鳴だったって、実際《じっさい》に聞いたマッタのお母さんが言ってた。バンジョー・キラーはクローゼットのなかで寝入《ねい》っちゃっただけなのに、おばあさんは死んでると思ったわけ。で、バンジョー・キラーは目をぱちっと開けて、こう言った。

「ごはん、まだ？」

バンジョー・キラーはいつもおなかをすかせてるんだ。

またべつの日にイケアに行ったとき、バンジョー・キラーはおまるを三つ並《なら》べて、それぞれに少しずつうんちした。で、通りかかった知らない人に、おしりをふいてくれるよう頼《たの》んだらしい。その人は丁重《ていちょう》におことわりした。マッタのお父さんとお母さんは、おまるを三つとも買いとるはめになった。予定外の出費《しゅっぴ》ってやつだね。けど、バンジョー・キラーは大喜《おおよろこ》びだった。

「おまゆ、みっちゅ！　きょうは、いいひだな！」って。どんな日をいい日と思うかは人それぞれってことだよね。

マッタがつづける。

「じゃあ、確認《かくにん》するよ。まず、サーシャは……えっと……ウサギ相手にスタンダップ・コメディをやってたんだよね？」

「**ホーイ！**」バンジョー・キラーが叫《さけ》んだ。

すっごく楽しそうで、顔が真っ赤になってる。

「うん。新しいルーティンをためしてた」

「そこに、テューラとマッティーナがやってきた」

「うん」

「**ホーイ！**」

「で、なんか失礼《しつれい》なことを言ってきた」

「そのとおり。いつものことだけど」

「**ホーイ！**」

「それでサーシャはサイコパスに早変《はやが》わりして、テューラを追っかけて、ジャケットを引きちぎった。四千クローナもするジャケットを」

「**ホーイ！**」

「だいたいそういうこと。わざとじゃなかったんだけど」

「**ホーイ！**」

「もう、こんなんじゃろくに話もできやしない！」

マッタは立ちどまって、弟のほうを向いた。

「もうジャンプはおしまい。わかった？　お姉ちゃんとサーシャはだいじな話があるの」

マッタはいつも以上《いじょう》に早口だったのに、バンジョー・キラーはどういうわけか、ちゃんとわかったみたいだった。

「ヤンプおしまい？　マッティ？　ヤンプおしまい？」

「そう、そのとおり。もうジャンプはおしまい」

「シャーシャ？　ヤンプおしまい？」

バンジョー・キラーが大きな青い眼《め》でわたしを見る。その手は小さくてあったかい。

「いまはおしまいね」とわたしは答えた。

そのまま歩きつづける。ふと、どこを見ても雪がほとんど残《のこ》ってないことに気づいた。雪かきしたときにできた、泥《どろ》まじりの茶色のきたない山がいくつか、まだとけきってないだけで。

「ヤンプおしまい？　マッティ？　ヤンプおしまい？」

「そう！　ジャンプはおしまい」

「ヤンプおしまい」

「よくわかんないんだけど」マッタが言う。「なにがわざとじゃなかったの？　怒《おこ》ったことが？」

「いや、怒《おこ》るのはさ、もうしょうがなかったんだけど。そんなお高いジャケットを破《やぶ》こうとまでは思ってなかったわけよ。だって……まるで犬並《な》みの値段《ねだん》じゃん」

犬。どうして犬と比《くら》べようと思ったのか、自分でもよくわからない。気がついたらそう言ってた。

「ヤンプおしまい？」

「けどさ、そんなに怒《おこ》るなんて、テューラになに言われたわけ？」

言いたくない。口に出すだけで苦しくなる。

血筋《ちすじ》だよね。気をつけないと、マジで欠陥品《けっかんひん》になっちゃうよ。あんたのママみたいにさ。

わたしはため息をついた。

「そこはどうでもいい。いじわるなこと言われたの、それだけ」

「ヤンプおしまい?」

マッタはキャップのつばを指でくいっと上げて、なにか考えてるような顔でわたしを見た。

道を曲がって小さな商店街《しょうてんがい》に入ると、〈アスプウッデン靴《くつ》・鞄修理店《かばんしゅうりてん》〉をめざして歩いた。マッタがバンジョー・キラーの手を離《はな》して、赤いドアを開ける。わたしは小さな階段《かいだん》を下りた。振《ふ》りかえると、ちょうどバンジョー・キラーが階段《かいだん》の上にいて、飛《と》び降《お》りようとしてるところだった。

「ホーーーーイ!」

で、わたしはバンジョー・キラーが床《ゆか》に落ちるまえに、なんとかキャッチすることに成功《せいこう》した。重みでわたしもころびそうになったけど。

「もうやだ!」マッタが天をあおぐ。

「もうやだ!」バンジョー・キラーがくりかえした。

わたしはバンジョー・キラーをそっと立たせてあげた。バンジョー・キラーはおもしろそうにあたりを見まわしてる。レジの奥《おく》の壁《かべ》に大きな板がかかってて、鍵《かぎ》がたくさんぶらさげてある。お店のもっと奥《おく》のほうには、靴《くつ》やバッグがどさどさ積《つ》みかさなってる。お店のガブリエルっていう男の人がカウンターに出てきた。白髪《しらが》のまじった髪《かみ》の毛《け》は、サイドがちょっとぼさぼさだ。革《かわ》のエプロンを着けてる。

「おお、サーシャじゃないか！」

ガブリエルはわたしのことを知ってる。パパはいつもズボンを買うと丈《たけ》が長すぎるから、すそを上げてもらうためにここに来るし、わたしたちの靴《くつ》を直してもらうのもいつもここだ。ガブリエルはシリア出身で、サッカーをやるためにスウェーデンに引《ひ》っ越《こ》してきたらしい。若《わか》いころはめちゃくちゃいい選手《せんしゅ》だったんだって。パパが言ってた。

「こんにちは、ガブリエル」わたしは袋《ふくろ》からジャケットを出して、ガラス張《ば》りのカウンターに置《お》いた。

「さて、サーシャ、きょうはどんなご用かな？」

「このジャケットを直してほしいんです」わたしはそう言って、襟《えり》のすぐそばにあいた穴《あな》を見せた。

ガブリエルはひもで首から下げてるメガネをかけて、生地《きじ》をじっくり観察《かんさつ》した。

「うん、これならつくろえそうだ」やがて言った。

「いくらかかりますか？」

「二百クローナか、二百五十クローナくらいかな」ガブリエルが言う。

二百クローナか、二百五十クローナ!?　わたしのなかで、怒《いか》りがぶわっと燃《も》え上《あ》がる。パパに言われたんだ、代金の半分は自分で払《はら》えって。〈人様《ひとさま》の服を破《やぶ》ったんだ、少しは責任《せきにん》を取ってもらわないと〉だって。これでおこづかいから百クローナか百二十五クローナが消えるわけ。テューラめ！　最低《さいてい》！

マッタは、バンジョー・キラーが〈ちょっと見る〉って決めたものを救出《きゅうしゅつ》してまわるので大いそがしだ。キラーはとくにうんちマークのついたキーホルダーがお気《き》に召《め》したらしくて、ぎゅっと握《にぎ》って離《はな》そうとしないもんだから、マッタが小さな指を力ずくで開かせようとしてる。

「ここにしゅんでゆの？」バンジョー・キラーはガブリエルにそうきいて、カウンターの奥《おく》に入りこんだ。

マッタがあわてて追いかけて引っぱり出したけど。

ガブリエルは笑《わら》いだした。

「いや、住んではいないよ。ここで働《はたら》いてるけどね」

「ここではたやいてゆの？」

「そうだよ！　いまそう言ったじゃん！」

マッタは疲《つか》れた声だ。弟の手を握《にぎ》ろうとしても、すぐに振《ふ》りほどかれてしまう。そのとき、電話が鳴った。ガブリエルは、ちょっと失礼って言いながら電話に出て、角の向こうに消えていった。お金を払《はら》わされることへの怒《いか》りが、わたしの頭のなかでまだぐつぐつ煮《に》えたってる。

そのとき、ひらめいた。仕返ししてやろう。

「ねえ、マッタ」とわたしは言った。「ブードゥーみたいなこと、できないかな？」

「ブードゥー？　なにそれ？」

「おまじないっていうか、黒魔術《くろまじゅつ》みたいなもんだよ、ほら……悪霊《あくりょう》を呼《よ》びだして、相手に呪《のろ》いをかけるの。たとえば、このジャケットの中綿《なかわた》のなかに、〈わたし、テューラは、地獄《じごく》に落ちて火に焼《や》かれます！〉とかって書いた紙を入れる。いや、〈わたし、テューラは、これからずっと毎日うんちをもらします！〉でもいいな」

「うんちもやしましゅ」バンジョー・キラーがそう言って笑《わら》う。

「あんたはもらさなくていい！」マッタがけっこうきつい口調で言った。

バンジョー・キラーはまだおむつが取れてなくて、弟のおむつを替《か》えるくらいならコリアンダー一キロ食べてやるってマッタはよく言う(マッタはコリアンダーが大きらいなの)。バンジョー・キラーはいま、めっちゃ大きいカウボーイハットを見つけたらしくて、毛糸の帽子《ぼうし》の上からそれをかぶってる。マッタはもうあきらめたみたいで、帽子《ぼうし》を取り上げようともしない。バンジョー・キラーはエネルギーのかたまりだから、けっきょくはあきらめるしかないわけ。

「すっごくいいアイデアじゃない？」わたしは言った。

「うーん……どうだろ」マッタが言う。「だってさ、なんの意味があるの？ あいつがうんちもらしたからって、サーシャの人生がどこかよくなるわけ？」

「よくなる気はするよ。ちょびっとだけかもしれないけど」

マッタは、それはどうだかって顔をしてる。

「どっちにしたって、ブードゥーは迷信《めいしん》だけどさ」とわたしは言った。「ひょっとしたら効《き》くかもしれないじゃん？ そしたら、笑《わら》えると思わない？」

「うんちもやしましゅ！ うんちもやしましゅ！ **うんちもやしましゅ！**」

バンジョー・キラーはカウボーイハットをかぶったまま行ったり来たりして、おんなじ言葉を何度も叫《さけ》ぶ。

「しいっ！」マッタが言う。「そんな大声出さないで！」

「しいっ！」バンジョー・キラーはそう言って、行進はやめなかったけど、ささやき声にはなった。

「うんちもやしましゅ、うんちもやしましゅ、うんちもやしましゅ！」

マッタは階段《かいだん》のいちばん下の段《だん》にすわった。もうへとへとみたい。

「あの子、悪魔《あくま》がとりついてるのかも。そう思わない？」マッタがそう言いながら、弟をちらっと見る。

わたしは笑《わら》った。カウボーイハットが目のところまで下がってきて、バンジョー・キラーは前が見えなくなってる。

「よゆになった!」そう言ったかと思うと壁《かべ》にぶつかって、でもすぐにテレビゲームのキャラみたいにくるっと向きを変《か》えて、またべつの方向へ歩きだした。

両腕《りょううで》を前に伸《の》ばして歩いてて、まるでゾンビみたい。

マッタはキャップをとって、おでこの汗《あせ》をぬぐった。

「さっきの話だけどさ、それだったら、〈わたしはやさしい人間になります〉とかって書いたほうがよくない?」

「まあ、そうかもね。つまんないけど」

なにか書くものを探《さが》してあたりを見まわすと、緑色の小さな付箋《ふせん》がカウンターに置《お》いてあった。となりにペンもある。わたしは付箋《ふせん》をさっと引きよせると、めっちゃ小さい文字で、こう書いた――〈わたし、テューラは、やさしい人間になります〉。ガブリエルの電話が終わりそうなのが聞こえてくる。わたしはいったんペンを置《お》いたけど、ふと気が変《か》わって、もうひとこと、こう書いた――〈つぎの発表で、わたしはでっかいおならをします〉。

ちょっとくらい仕返ししたっていいよね? わたしは付箋《ふせん》を小さく折《お》りたたんで、ジャケットにあいた穴《あな》から、中綿《なかわた》の奥《おく》のほうにつっこんだ。ガブリエルがもどってきた。

「サーシャ、水曜日に引きわたしでいいかな?」

「だいじょうぶです」とわたしは言った。

マッタがカウボーイハットをガブリエルに返して、わたしたちは〈アスプウッデン靴《くつ》・鞄《かばん》修《しゅう》理《り》店《てん》〉を出た。

「ヤンプは?」外に出ると、バンジョー・キラーがわくわくした顔できいてきた。

「わかったよ、ジャンプしよう」マッタが言う。

バンジョー・キラーは、見たこともないほどの笑顔《えがお》になって、叫《さけ》んだ。

「ヤンプ、ヤンプ、ヤンプ!　ホーーイ!」

マッタの住んでる建物《たてもの》の前でバイバイするときに、わたしは言った。

「もう、あと五日だよ。来るでしょ?」

マッタは振《ふ》りかえって、わたしの目をじいっと見た。で、すごくまじめな声で——

「ローマ教皇《きょうこう》は、へんな帽子《ぼうし》をかぶってますか?」

「えっと……はあ?」

「ローマ教皇《きょうこう》は、へんな帽子《ぼうし》をかぶってますかってきいてんの」

「どうだろう、どういう帽子《ぼうし》だっけ……」

「答えは、もちろん、だよ！　ローマ教皇《きょうこう》って、へんな帽子《ぼうし》かぶってるじゃん。これ、ママがよく言うんだ。もちろんだよ、あたりまえでしょって意味！」

「ああ、よかった」わたしはほっとして言った。

バンジョー・キラーがわたしをハグしてくれる。とはいっても、この子の〈ハグ〉は、わたしの首に腕《うで》をまわして、足を両方とも宙《ちゅう》にうかせて、重たい錨《いかり》かなにかみたいにぶらさがることなんだけどね。マッタがむりやり引きはがさないといけなかった。じゃあねって言って、ふたりは建物《たてもの》に入っていく。ドアが閉《し》まるまえに、バンジョー・キラーがこう言ってるのが聞こえた。

「マッティ、ぼく、悪魔《あくま》がくっちゅいてゆの？」

「えっ？」

「悪魔《あくま》がくっちゅいてゆの？」

「ああ！　悪魔《あくま》がとりついてる、ね。まあね、ときどきそうかもって思うよ」

「くっちゅいてゆの？」

「くっついてる、じゃなくて、とりついてる」

「くっちゅいてゆの？」

「そんなことないよ」

「だえに悪魔《あくま》がくっちゅいてゆの？」

「少なくともお姉ちゃんにはくっついてないよ」

＊＊＊

その夜、マッタがSMSを送ってきた。

バンジョー・キラーを寝《ね》かしつけてたら、いきなり〈ぼく、悪魔《あくま》がとりついてるの〉ってささやかれたママの顔、見てほしかったよ。

わたしは大笑《おおわら》いした。マッタがあの子にうんざりしたら、いつだって世話を引きうけたいと思う。あ、でも。だめだ。無理《むり》だ。
2．生きものの面倒《めんどう》をみようとしない。
じっさい、バンジョー・キラーほど生きてる生きものって、たぶんほかにいないと思う。

水着のなかに仕込《しこ》んだライム

予定では、三番手として出させてもらえることになってる。緊張《きんちょう》しすぎて気持ち悪くなってきた。パパとオッシのほうをちらっと見る。こっちからは見えるけど、向こうからこっちは見えない。わたしはふたりのななめうしろ、お店の奥《おく》の暗いすみっこに隠《かく》れてすわってるから。パパとオッシがすわってるのは一列めだ。ふたりとも椅子《いす》の背《せ》もたれに上着をかけてる。パパの緑のもこもこジャケットに、オッシの黒い革《かわ》ジャン。ふたりは舞台《ぶたい》に顔を向けてて、そこでは二番手のコメディアンがセットを始めたところだ。スポットライトが舞台《ぶたい》を照《て》らしてる。オッシはいつもどおり、やたらと大きな声で笑《わら》ってて、ビールを飲みながら貧乏《びんぼう》ゆすりをしてる。パパはリラックスして見える。楽しそう。きょうはめずらしくコンタクトレンズをしてるから、また目のまわりが黒くないパンダみたいな顔になってるかも。ここからだとよく見えないけど。わたしがここにいることをパパは知らなくて、おばあちゃんちにいると思ってる。おばあちゃんはうそをつくのがすごく下手だけど、それでもオッシと協力《きょうりょく》して、パパをだますことになんとか成功《せいこう》した。オッシがパパに、ちょっと出かけたほうがいいよって言ったんだ。これはほんとう。パパはほとんどずっと家にいるから。悪いなとは思ってる。でも、パパがわたしを置《お》いて出かけるのが、わたしはいやでしかたがない。パパがいなくてもだいじょうぶって、わかってはいるんだけど。すごく心配になる。

わたしはマッタといっしょに一時間まえに来た。けど、いまはひとりきりだ。マッタはなんだか知らないけど、ちょっと用事があるって言って出ていった。そろそろもどってきてもいいんじゃないかと思うんだけど！　わたしはまたスマホを出した。あと三分もない。

きょう着てきたのは、持ってるなかでいちばんいい服だ。着てていちばん気持ちがいいと思える服。ちょっと破《やぶ》れてる水色のデニムに、緑のアディダスのジャケット。その下は新品の紫《むらさき》のTシャツで、どうかしちゃったのって思うくらい楽しそうな顔をした仔猫《こねこ》の絵が入ってる。この仔猫《こねこ》の楽しさを、お客さんにも伝染《でんせん》させようってのが、わたしの壮大《そうだい》な計画なわけ。

舞台《ぶたい》のそでにすわってるほかのコメディアンたちに、ちらりと目をやる。わたしのほかに八人くらいいる。そのうちのひとりがヘンリックだ。おかげでちょっと安心できる。ちょっとだけだけど。ヘンリックはコーラをくれて、ちょっと強すぎるくらい背中《せなか》をバシバシたたいてはげましてくれたし、アドバイスもくれた（「お客を見て、間《ま》を置《お》いて、話の内容《ないよう》に集中するんだ。

きみ自身がどうか、ってことじゃなくて」）。

脈拍《みゃくはく》が、もう二百まで上がってるんじゃないかと思う。ほかの人たちも同じなのかな？　黒い服を着た二十歳《はたち》ぐらいの女の人が、うろうろ歩きながらひとりでぶつぶつ言ってて、自分の手をじっと見つめてる。ネタを忘《わす》れないように、ヒントになる言葉が書いてあるんだろう。＊ヨーテボリ訛《なま》りのきつい男の人は、ぜんぜん緊張《きんちょう》してないみたいで、ずっとビールをらっぱ飲みしながら、ちょっとうるさいくらいの大声でしゃべりつづけてる。そのしゃべってる相手はわりと年のいった男の人で、こっちは目をまんまるくして、おびえきったようすで舞台《ぶたい》を見つめてる。わたしもきっと、似《に》たような顔をしてるんだろうな。

二番手のコメディアンはふわふわの金髪《きんぱつ》で、名前はリコ。この人のジョークはぜんぶ、自分は背《せ》が低《ひく》いってことをネタにしてる。

「低身長《ていしんちょう》のわれわれは、社会でしいたげられている。おおげさだと思う？　いや、ほんとなんだよ！　みんなおれたちのことを見下すんだから！」

何人かが笑《わら》う。必死《ひっし》でモーモー言ってるウシみたいな声で笑《わら》ってる男の人がいる。ふだんだったら、わたしはこの人の笑《わら》い声《ごえ》に笑《わら》ってたと思う。けど、いまは笑《わら》う余裕《よゆう》もない。リコがふわふわの髪《かみ》をかき上げて、先をつづける。

「それだけじゃないんだよ。先週、街《まち》なかでスリに遭《あ》ってさ！　H&Mの店のなかで！　尻《しり》ポケットに入れてた財布《さいふ》を、スリが盗《と》っていきやがった。そんなことする人間って、もう落ちるところまで落ちきってるよな。いや、文字どおりの意味でさ、そう思ったよ。こんな低《ひく》いところまで下りてきたのかよって」

ウシ男が、もうこの世の終わりかってくらいにモーモー笑《わら》ってる。わたしは時計を見た。あと一分。六十秒！　五十九。五十八。マッタってば、いつになったらもどってくるわけ!?　マッタがいないとだめだ。心臓《しんぞう》がばくばく言ってる。わたしは自分のメモを穴《あな》があくほど見つめた。メモがぶるぶる震《ふる》えてる。わたしの手が震《ふる》えてるから。わたしの全身が震《ふる》えてるから。メモは念《ねん》のため、うしろのポケットに入れておくつもり。頭がすっかり真っ白になって、なにも思いだせなくなった場合にそなえて。

背《せ》の低《ひく》いリコが話し終えて、みんな拍手《はくしゅ》した。音楽がかかって、スピーカーがドン、ドンッて鳴る。わたしは震《ふる》える手でメモを折《お》りたたんで、ポケットに入れた。いくつか深呼吸《しんこきゅう》。鼻から吸《す》って、口から吐《は》く。鼻から吸《す》って、口から吐《は》く。音楽が急にとぎれて、司会《しかい》の女の人、キャップにタンクトップ姿《すがた》の人が、ささっと舞台《ぶたい》にもどってきた。ちょうどそのときに、マッタが階段《かいだん》を駆《か》けおりてきた。オッシが振《ふ》りかえってマッタに気づく。パパも振《ふ》りむきかけたのがスローモーションみたいに見えたけど、オッシが床《ゆか》に落ちてるなにかを指さして、すぐにパパの気をそらしてくれた。司会者《しかいしゃ》がリコにありがとうって言ってから、お客さんのほうを向いた。

ほとんど叫《さけ》んでるみたいな声で言う。

「リコはたしかに背《せ》が低《ひく》かったけど、つぎのコメディアンはもっと背《せ》が低《ひく》いんです！　七人のこびとかよって、ちがいますよ！　残念《ざんねん》ながら、グランピーもスニージーも来られなかったからね」

お客さんが何人か笑《わら》う。司会《しかい》の女の人はキャップをかぶりなおした。

「いまのはちょっとすべったかな。しかしですね、正直、つぎのコメディアンのことは心底《しんそこ》うらやましいんですよ。いや、ほんとに。まだおこづかいをもらってるうえに、自分の服すら洗濯《せんたく》しなくてていいんだから！　そう、つぎに登場するのは……子どもです！　〈一発勝負！お笑《わら》いバトル〉史上最年少！　しかもこれが最初《さいしょ》、正真正銘の初舞台《はつぶたい》！　さあ、みなさん、大きな拍手《はくしゅ》でお迎《むか》えください！　**サーシャーー・レーーーイン！**」

わたしは仔猫《こねこ》の絵とおんなじ笑顔《えがお》になるように、口の端《はし》をぎゅっと上げて、舞台《ぶたい》へ走った。

お客さんたちのそばまで来たところで、パパと目が合った。ショック状態《じょうたい》だ。ぽかんと口があいてるし、目がこんなにまんまるになってるのもはじめて見た。オッシが大笑《おおわら》いしながらパパの腕《うで》をバシバシたたいてる。わたしが舞台《ぶたい》に飛《と》びのると、司会《しかい》の女の人が汗《あせ》ばんだ腕《うで》でぎゅっとハグして、マイクを手わたしてくれた。

「どうもどうも、みなさん」スピーカーを通すと自分の声がすごく大きく聞こえて、わたしはぎくっとした。

ウシ男がかすかにモーモー言ってる以外《いがい》は、しんと静《しず》かだ。いろんな考えが頭のなかでぶつかりあう。わたしが子どもだってこと、司会《しかい》の人にもう言われちゃったんだけど？　それでもヘンリックに言われたとおり、なにか言ったほうがいいのかな？　それとも、わたしの外見の話から始める？　でも、バービーの髪《かみ》の毛《け》をむしりとっ取っていうあのネタ、ウサギたちにはウケなかったし。わたしは時間稼《かせ》ぎをすることにした。

「楽しんでますか？」と言ったら、声が震《ふる》えた。

マイクで声が大きくなって、店じゅうに反響《はんきょう》する。

「はーい！」何人かが叫《さけ》んだ。オッシの声がまじってるのはわかったけど、ここからだとスポットライトがまぶしすぎて、お客さんの姿《すがた》は見えない。頭のシルエットがぼんやり見えるだけ。いったい何人いるんだろう？　五十人？　百人？　さっぱりわからない。

わたしは固《かた》まった。いろんな考えが銀の矢みたいに頭のなかを飛《と》びかう。心臓《しんぞう》がばくばく言ってる。その音が耳のなかまでひびく。手が汗《あせ》でじっとり濡《ぬ》れてきた。血がまるで、体の中心に向かって引いていくみたい。

ずっとまえ、車に乗ってたときのことを思いだす。夜で、外は真っ暗で、道路沿《ぞ》いの明かりもなかった。そんな暗い森のなかで、道路のまんなかに、いきなりシカが立ってた。パパが急ブレーキをかけて、ママが悲鳴をあげた。シカはその場から一歩も動かなかった。わたしは「どいて！」って叫《さけ》んだけど、車はそのままスリップして、おそろしいスピードでシカに近づいていった。で、ぜんぜん動かないそのシカからほんの数十センチのところで、ようやく止まることができて、わたしはシカの大きな、おびえきった目を見た。まるで車のヘッドライトで催眠術《さいみんじゅつ》にかかっちゃったみたいだった。いまのわたしは、まさにあんな感じだ。スポットライトで催眠術《さいみんじゅつ》にかかった、おびえきったシカ。こめかみがどくどく脈打《みゃくう》ってるのがわかる。ひょっとして、わたし、ここで死ぬの？

そのとき、聞こえた。指笛を吹《ふ》いてる人がいる。マッタだ！　指を二本、口につっこんで、聞いたこともないほど大きな音を出した。そして、叫《さけ》んだ。

「がんばれ、サーシャ！」

わたしは息を吹《ふ》きかえした。あのシカがしばらくたったら生きかえったのと同じように。お客さんを見つめる。髪型《かみがた》の話はしないことに決めた。もうほとんどふつうの髪型《かみがた》になってるし。ほとんど、ね。わたしはにっこり笑《わら》った。

「あのね、これに出るためにわたし、すっごい長旅《ながたび》してきたの！　ヨーテボリからここまで飛《と》んできたんだよ」

わたしはちょっと間《ま》を置《お》いてから、つづけた。

「ああ、もう、腕《うで》がめっちゃ疲《つか》れた！」

何人かが楽しそうに笑《わら》う。オッシの笑《わら》い声《ごえ》がいちばん大きく聞こえた。

「きのうはいちばん好《す》きなものを食べたんだ。子どもはパンケーキが好《す》きって言うけど、わたしはちがうの！　わたしの好物《こうぶつ》はね、お米とケチャップ。もう、超《ちょう》おすすめ！　おなかすいてるときにはお米が最高《さいこう》だよ、二千粒《つぶ》とか食べられるんだから！」

笑《わら》う人が増《ふ》えた。大声で！　ウシ男も楽しそうにモーモー言ってる。

「じつはさっき、ちょっとうそついちゃった。ごめんなさい。ここまで飛《と》んできたわけじゃなくて、地下鉄に乗ってきたの。で、メドボリヤル広場の駅で降《お》りて、ほら、あの公園出口から出ようとしたらさ、エスカレーターにオレンジ色の貼《は》り紙《がみ》がしてあったのね。〈エスカレーターは故障《こしょう》で使えません、ただいま修理待《しゅうりま》ち〉って。でもさ、エスカレーターが使えないってありえないでしょ、考えたことある？　だって、故障《こしょう》したら……階段《かいだん》になるだけじゃん！　だから、貼《は》り紙《がみ》にはこう書いたほうがいいと思うんだよね。〈エスカレーターはただいま階段《かいだん》に変身中《へんしんちゅう》〉」

笑《わら》う人がさらに増《ふ》えた。さっきよりも大声で！　わたしは勇気《ゆうき》が出てきて、舞台《ぶたい》の上で何歩か歩くこともできるようになった。

「で、この舞台《ぶたい》に上がる直前に、コーラ飲んだんだけどね」

ふと、ヘンリックのアドバイスを思いだして、わたしはわざと間《ま》を置《お》いた。

「そしたらさ、コーラにライムが入ってたわけ。それがね、うかんでたの。これってすっごいお役立ち情報《じょうほう》だよ。そう思わない？　これから先、乗ってる船が沈《しず》みはじめたら、わたし、ライムを探《さが》してつかむことにする」

お客さんがどっと爆笑《ばくしょう》して、その笑《わら》いがおさまるまでに何秒かかかった。何秒かっていうか、何秒も。とくにウシ男のモーモー笑《わら》いがなかなか消えない。

「ね、いい考えでしょ！　タイタニックに乗ってた人たちも、このこと知ってたらよかったのにね！」

笑《わら》いがもっと大きくなった！　そして、聞こえた。パパの笑《わら》い声《ごえ》！　パパっぽくてあったかい、すてきな、パパの笑《わら》い声《ごえ》！　わたしはパパを見下ろした。目がライトに慣《な》れてきてて、パパの顔がはっきり見えた。笑《わら》ってる。顔いっぱいの笑顔《えがお》。心配そうなしわはひとつもなくて、笑《わら》いじわだけが残《のこ》ってる。

「で、水上スキーとかするときにわたしがライフジャケットを着なかったら、パパがすっ飛《と》んできて……あ、ちなみにうちのパパ、そこにいるんですけど」とわたしは言って、パパを指さした。

みんながパパのほうを向く。だれかがパパの肩《かた》をぽんぽんたたいた。オッシがパパのほっぺをつねる。パパはすっごく誇《ほこ》らしそうで、うれしそうで、スポットライトよりも明るく輝《かがや》いて見えた。わたしはつづけた。

「まあとにかく、パパがすっ飛《と》んできて、〈サーシャ、なにやってんだ⁉〉とかって怒鳴《どな》るだろうけど、だいじょうぶ。水着に仕込《しこ》んでおいたライム、出してみせればいいんだから！」

それから、ドーナツのネタと、タートルネックのネタをやって、壁《かべ》をたたいてくるおとなりさんのネタも披露《ひろう》した。

みんなが大声でずっと笑《わら》ってるから、だんだんそれが伝染《でんせん》してきて、わたしも笑《わら》いだして、止められなくなって、そうするとみんながもっと笑《わら》う。自分のネタを笑《わら》うのはよくないってわかってるけど、笑《わら》わずにはいられない。幸せのあぶくが体のなかをシュワシュワ駆《か》けめぐる。もう怖《こわ》いものなんてない。わたしが世界一。

夢《ゆめ》みたい。お客さんが拍手《はくしゅ》してる。天井《てんじょう》が吹《ふ》っ飛《と》びそうな勢《いきお》いで拍手《はくしゅ》してる。ひとり、またひとり立ち上がった。わたしはにこにこ笑《わら》って、声をたてて笑《わら》って、床《ゆか》に向かって深々《ふかぶか》とおじぎをした。すっごく大きな音で指笛を吹《ふ》いてる人、歓声《かんせい》をあげてる人がいる。マッタは「**サーシャ、サーシャ、サーシャ**」ってわめきながらジャンプしてて、金色の巻《ま》き毛《げ》が肩《かた》の上でひよこひよこはねてるのが見える。服をぬいだような目をしたパパ、エルヴィスみたいに髪《かみ》をガチガチに固《かた》めたオッシが見える。あんなにたたいたら手が痛《いた》いんじゃないかってくらいの勢《いきお》いで、みんなが拍手《はくしゅ》してる。司会《しかい》の人が舞台《ぶたい》に上がってきて、キャップをとって言った、じゃなくて、叫《さけ》んだ。

「サーシャ・レイン！　脱帽《だつぼう》！　今夜、スターが誕生《たんじょう》しました！」

そして、わたしは舞台《ぶたい》を下りた、じゃなくて、舞台《ぶたい》から飛び降りた。小さいころにプールでよくやってたみたいに、舞台《ぶたい》の端《はし》からパパの腕《うで》のなかへジャンプした。パパはわたしを受けとめて、昔みたいに、くるくる回ってくれた。ヘンリックが寄《よ》ってきて、わたしの背中《せなか》をたたいて「よくやった、いや、すごいよ、ほんとによくやった！」って言ってくれて、マッタは「サーシャがスウェーデン一《いち》おもしろい、まちがいない」って言ってくれて、それはさすがにおおげさだってわかるけど、そう言ってくれるマッタのことが大好《だいす》きでたまらない。で、マッタは、キーホルダーになってる小さいぬいぐるみをくれた。ふわふわの白い犬で、なんとクッキー＆クリームよりも手ざわりがいい。オッシはじっと立ってることができなくて、その場でぴょこぴょこ足踏《あしぶ》みしながら、感動しすぎて気を失《うしな》うかと思った、笑《わら》いすぎて死ぬかと思った、誇《ほこ》らしすぎて椅子《いす》から落ちそうだったたって言ってた。で、きょうはプレゼントを持ってくるの忘《わす》れちゃったけど、うちにあるエレキギターを一本あげたいと思ってる、ずっとまえから考えてたんだ、うちには五本もあるしって言った。本気なのか、ちょっと興奮《こうふん》してるだけなのか、よくわかんなかったけど、いまはべつにどっちでもいい気がした。

ようやくパパがわたしを床《ゆか》に下ろしてくれた。頭をふるふる振《ふ》りながら、言った。

「どういうことだよ、これ！ なんていうか……どうやって？ いつ……？ サーシャ、おまえ何者だ？」

わたしはなにも言わなかった。ただにっこり笑《わら》ってるだけだった。
7．コメディ・クイーンになる。
完了《かんりょう》！

＊ スウェーデン西部に位置《いち》する人口第二の港湾《こうわん》都市。工業が盛《さか》ん。

外に出ると、氷みたいに冷《つめ》たい風が顔にあたって、バシンとたたかれたような感じがした。何秒かたって、三十秒たって、そのあいだ息を吸《す》って、吐《は》いて、吸《す》って、吐《は》いてたら、なんだかわたしのなかから喜《よろこ》びが流れ出ていってるみたいだった。で、ふっと消えてしまった。あっさりと。吸魂鬼《ディメンター》がすうっと近寄《ちかよ》ってきて、わたしにキスして、生きる喜《よろこ》びをぜんぶ、わたしの体から吸《す》いとっていったみたい。世界じゅうのどんなチョコレートを食べてもなおらない。

願《ねが》いはかなった。でも……このあとは？　これからどうなるの？　わたしは三分間、人を笑《わら》わせることができた。パパを笑《わら》わせることができた。マッタも、オッシも、ヘンリックも。リストに書いたことぜんぶ、ちゃんと実行した。七つとも、ぜんぶ。いや、そうでもないか。考えすぎない、っていうのはあんまりできてないかも。でも、そこはどうだっていい。ぜんぶちゃんとやったからって、ママが生きかえるわけじゃないんだ。ひょっとしてわたし、心のどこかで思ってたのかな？　ママが生きかえるって。

不意打《ふいう》ちの涙《なみだ》が、いきなり目にわき上がってくる。なにもかもがぼやけてもやになった。悲しみのせいで倒《たお》れたのか、ただなにかにつまずいただけなのか、自分でもよくわからない。気がついたら石畳《いしだたみ》の上にばたんと倒《たお》れて、泣《な》いてた。全身が震《ふる》えるほど泣《な》いてた。涙《なみだ》の粒《つぶ》がたくさんありすぎて、あふれ出るのも速すぎて、涙《なみだ》を目のなかにもどすのはもう無理《むり》だった。ドアが開いて、パパとオッシとマッタが出てきた。ヘンリックがおもしろかった、あとラヴェンっていう女の子もよかった、まあサーシャがいちばんだけどって大きな声で話してる。なにかがカタカタ鳴って、なにかがガリッとこすれたのが聞こえた。みんな意味がわかってない。わたしがふざけて寝《ね》ころがってるんだと思ってる。パパが笑《わら》って、よごれるぞって言って、オッシが引っぱり上げようとしてくれたけど、わたしはそのまま動かなかった。わたしの体はコンクリートだ。なにより重い、なによりグレーなコンクリート。ここから起き上がることなんて、もう二度と、二度とできそうにない。

忘《わす》れられて残《のこ》ったトゲ

「やだ、パパのとなりにはすわらない、オッシのとなりがいい」

わたし、そう言ったんだ。

パパ。黒いスーツを着てる。白いシャツ、白いネクタイ。白のネクタイは、死んだ人の家族だけが着けるもの。パパの目。わけがわかってないような目。すっかり道に迷《まよ》って、帰れなくなっちゃった人みたいな目。わたし。一度も洗《あら》ったことのない、ぱりぱりの新品の服。黒いブラウス。ブラウスなんてさ、だれが着るわけ？　わたしは着ない。けど、そのときは着てた。ママのお葬式《そうしき》で、わたしはブラウスを着てた。冷《つめ》たくなったママの体が、花でいろどられた白い棺《ひつぎ》に入ってて、わたしはブラウスを着てた。花でいろどられた。そう言ったのは牧師《ぼくし》さんだった。きれいな言葉なんだろうとは思う。でも、棺《ひつぎ》のふたの上に置《お》いてあるあの花は、何時間かたったら、もしかすると何日かかかるのかもしれないけど、とにかくママと同じように死んでしまう。ぐったりしおれてしまう。花びらが一枚《まい》ずつ茶色くなって、しぼんでしわくちゃになって、落ちていく。いま、どんなにきれいでも関係《かんけい》ない。バラの花。ママがどんなにきれいだったとしても関係《かんけい》ない。茶色の長い髪《かみ》。細くて長い指。ママの目、海みたいな緑色の眼《め》。海は青いってみんな思ってる。わたしの海はちがう。わたしが行ったことのある海はみんなちがう。ママがあのなかにいる。ママ。狭《せま》い木の箱に閉《と》じこめられてる。で、わたしはその箱の外にいる。教会に。

高い天井《てんじょう》。何メートルもある天井《てんじょう》。ずらっと果《は》てしなく並《なら》んだ窓《まど》。いくつあるのか数えてみても、どうしても途中《とちゅう》でわからなくなってしまう。十七、ちがう、二十、いや、二十三か。外でなさけなく震《ふる》えてる木の葉。棺《ひつぎ》のうしろの壁《かべ》にかかった木の十字架《じゅうじか》。教会はとっても大きかった。幅《はば》は広く、天井《てんじょう》は高く、奥行《おくゆ》きもあった。それなのに、わたしは棺《ひつぎ》のなかのママと同じで、狭《せま》いところに閉《と》じこめられてるような気がした。たくさんの人たち。わたしはほとんど息ができない。みんなを見ることもできない。見たくなかった。会ったこともない人がたくさんいた。この人たち、みんなママのこと知ってたの？　ママがどんな人だったか知ってるの？ママが本を読むときに、ページのすみを折《お》ってたことは？　鉛筆《えんぴつ》で薄《うす》く、震《ふる》えるような文字でメモを書きいれてたことは？　〈！〉マークをつけたり、わたしにはわからない言葉に下線《かせん》を引いたりしてたこと。ママが飲む紅茶《こうちゃ》は一種類《しゅるい》って決まってて、エステルマルム地区まで行かないと買えなかったこと。この人たちは知ってるの？　その紅茶《こうちゃ》の名前が〈サー・ウィリアムズ〉だったことは？　ママがわたしのベッドを毎日整えてくれて、そのときにぬいぐるみを並《なら》べて、ちょっとおもしろい場面をつくってくれてたことは？　ウサギのカニンヒェンが、ちっちゃな絵本をひざにのせて、耳をだらんと目の上に垂《た》らして、眠《ねむ》そうにすわってるところとか。クマのベアリーがキツネザルのレミーにキスしてて、レミーがよろこんでしっぽをくるんとさせてるところとか。犬のサイドゥ・ケイドンが――そう、ほんとにそういう名前だったの――あお向けになって、仔犬《こいぬ》を三匹《びき》、おなかの上にのせてあげてるところとか。そういうことぜんぶ、この人たちは知ってるの？　ほんとにママのこと知ってたの？　みんなここでなにしてるの？なんの権利《けんり》があってここにいるの？

　おばあちゃん《*オーマ》とおじいちゃん《オーパ》、つまりママのママとパパが、わたしたちのうしろにすわってた。ドイツのハノーファーからはるばる来たんだ。オーマは認知症《にんちしょう》がひどくなってて、だれが死んだのかもよくわかってなかった。オーパは苦しそうな顔で、ずっと黙《だま》ってた。わたしはオーマとオーパのことをよく知らない。ろくに話もできない。ママだって、この人たちとは話をしてなかったんだから。どうしてわたしが話さなきゃならないの？　でも、オーマのことがうらやましかった。わたしも忘《わす》れたい。なにもかも忘《わす》れられる湖のなかに沈《しず》んでしまいたい。脳《のう》みそに水が流れこんで、記憶《きおく》をぜんぶ洗《あら》い流《なが》してくれたらいいのに。苦しいことも、悲しいことも、ぜんぶ。

わたしはオッシのとなりにすわってた。オッシなら泣《な》かないだろうと思ったから。パパはわたしの考えを変《か》えようとはしなかった。ただ、オッシのひざの上で、わたしの手を握《にぎ》ってた。で、タトゥーの入ったオッシの大きな手が、わたしたちふたりの手の上に置《お》かれてた。スーツに白シャツ姿《すがた》のオッシ。そんな服をオッシが着たのはあのときだけだ。もう二度と着ないですむといい。

聖歌隊《せいかたい》が歌った。澄《す》んだ高い声がからまりあう。壁《かべ》に反響《はんきょう》する。オルガンの音がとどろく。泣《な》いてる人たち。鼻をすすったり、かんだりしてる人たち。もうちょっと静《しず》かに泣《な》けないの？　泣《な》くのをぜんぶ引きうけて、空気もぜんぶ取っていっちゃうなんて。わたしのぶんが、もうぜんぜん残《のこ》ってないじゃん。

牧師《ぼくし》さんがママの話をした。ママの名前を言った。何度も、何度も。サビーネ。サビーネ。サビーネ。どんな人だったかを話した。本が大好《だいす》きだったこと。自然《しぜん》が大好《だいす》きだったこと。パパとわたしを愛《あい》してたこと。でも、あの人、ほんとはなにも知らないんだ。あの牧師《ぼくし》さん。だってあれはぜんぶ、わたしたちが、ほとんどパパが、牧師《ぼくし》さんに話したことだから。いいお話だったわねって小声で言ってる人の声が聞こえた。すてきなお話だったわね、って。わたしにはさっぱりわからない。ママは死んだ。自殺《じさつ》したんだ。その上にすてきなお話をかぶせるのは、壊《こわ》れて置《お》き去《ざ》りにされた傘《かさ》に、きらきら光るビーズをテープでくっつけて、虹色《にじいろ》の粉《こな》を振《ふ》りかけるようなものだ。そんなことをしたって意味がない。どんなにビーズをくっつけたって、きらきらの粉《こな》を振《ふ》りかけたって、壊《こわ》れてるのがだれの目にもはっきり見える。ぼろぼろに壊《こわ》れてぐしゃぐしゃになってるのが。もう二度ともとにもどらないのが。

棺《ひつぎ》のそばに行く時間になった。ずっと来ないでほしいと思ってた時間。わたしたちは立ち上がった。最初《さいしょ》に行くのはわたしとパパだ。わたしは棺《ひつぎ》のふたの上に置《お》くための赤いバラを渡《わた》されてた。花屋さんがトゲを切り落としておいてくれてた。けど、ひとつだけ切り落とすのを忘《わす》れてて、緑の葉っぱのすぐ下に、針《はり》みたいにとがったトゲが残《のこ》ってた。わたしは中指をそこに押《お》しつけた。強く、強く押《お》しつけたら、皮膚《ひふ》に穴《あな》があいて、血が出てきた。パパがわたしの手を握《にぎ》る。ちゃんと歩けてない。よろめく。つまずく。オッシが急いでパパの反対側《はんたいがわ》にまわった。ひょろひょろの小さな草を支《ささ》える棒《ぼう》みたいに、パパのことを支《ささ》えてあげてた。パパののどから出てきた声。もう二度と聞きたくない。人間の声とは思えなかった。

そして、わたしが棺《ひつぎ》のそばまで来たら、だれかが泣《な》き声《ごえ》のボリュームを上げたみたいになった。わたしは顔を上げて、見た。みんなを。ちらっとだけど。悲しみにゆがんだみんなの顔を見た。わたしは棺《ひつぎ》に向かって手を伸《の》ばした。けど、そのとき、なにかがつかえたみたいになった。腕《うで》がこわばって動かなくなった。そのまま。まっすぐに伸《の》ばしたまま。だって、花なんか置《お》きたくなかった。ママに花なんかあげたくない。わたしを捨《す》てたママ。わたしを永遠《えいえん》に捨《す》てたママ。それに、ひょっとすると……ひょっとすると、さよならを言いたくないっていうのもあったかもしれない。わたしは一歩うしろに下がった。あとずさった。みんながわたしを見てる。しんと静《しず》かになる。パパの声、遠吠《とおぼ》えみたいな泣《な》き声《ごえ》だけが聞こえてた。わたしは来てる人たちを見わたした。たくさんの顔。なんて大きな目なんだろう。なにか黒い、重いものが、わたしのおなかのなかでふくらんで、低《ひく》くうなりだす。雷《かみなり》みたいに。わたしはまた一歩あとずさった。もう一歩。そのままあとずさって、壁《かべ》をつきぬけて、いなくなってしまいたかった。パニックが地震《じしん》みたいに体のなかに広がる。オルガンの音が聞こえるけれど、それはとても遠くて、ふしぎなほど弱々しく聞こえた。まるで海の底《そこ》で奏《かな》でてるみたいだった。

　ふと、だれかが近づいてきた。エルヴィスみたいな黒髪《くろかみ》に、タトゥーだらけの手をした人。その人が、わたしの腕《うで》をそっとつかんだ。こわばって、がちがちに固《かた》まった腕《うで》を、そっと。ぽん、ぽんって軽くたたかれて、腕《うで》はやわらかくなった。スパゲッティーみたいに、ゼリーみたいにやわらかくなった。その人はわたしの体に腕《うで》をまわして、腰《こし》でそうっと、ちょっとだけわたしを押《お》した。そうしてわたしたちは、いっしょに棺《ひつぎ》に向かった。わたしは腕《うで》を伸《の》ばした。パパが買った、きれいなバラ。わたしからママに渡《わた》すために、パパが選《えら》んだバラ。わたしはためらった。またためらった。

「赤いバラの意味、知ってるか？」

オッシがわたしの耳元でささやく。

わたしは首を横に振《ふ》った。答えを知ってるような気もしたけど。

「〈愛《あい》してる〉だよ。愛《あい》してるだろ、ママのこと。それからな」とオッシはつづけた。すぐそばで吐《は》いた息が、わたしのほっぺをくすぐった。「バラが三本あるとどういう意味になるか、知ってるか？」

オッシが棺《ひつぎ》を指さす。血みたいに赤いバラが三本立ててある。わたしに向かって、マイクみたいに。

「愛《あい》してる、かける三？」だれにも聞こえないように、わたしは小声で言った。

「そう、果《は》てしなく愛《あい》してるって意味だ。けど、もうひとつ意味がある。また会いたい、だよ。ほら……いつか、また会えるんだ、ママとサーシャは」

天国なんて信《しん》じてないし、あんなふうにバラを置《お》いたのはママじゃないし、わたしは自分がぼろぼろに壊《こわ》れていくような気がしてたけど、それでも、ちょっとだけ光がさした。真っ黒な雷雲《らいうん》に、ふっとすき間《ま》ができて、針《はり》のように細い青空が見えたみたいに。ママが天国から、わたしになにか言ってくれたみたいに。

「ほら、置《お》いてあげような、そのバラ」オッシが言う。

わたしはバラを置《お》いた。それから、オッシの腕《うで》のなかに倒《たお》れこんだ。そのあとのことはもう、なんにも覚《おぼ》えてない。

＊「オーマ」「オーパ」は、ドイツ語で「おばあちゃん」「おじいちゃん」の意。

ダース・ベイダーの暗い心の奥底《おくそこ》

　舞台《ぶたい》に立ったあの日から一週間、わたしとパパはずっと家にいた。パパは仕事に行かなかったし、わたしも学校に行かなかった。わたしはもう十二歳《さい》になってるから、ほんとはパパに子どもの看病休暇《かんびょうきゅうか》を取る権利《けんり》はないんだけど、それでもパパは上司《じょうし》に電話して、状況《じょうきょう》を説明《せつめい》した。どうしても休まなきゃならないんです、って。「妻《つま》の自殺《じさつ》のことで」って言ってるのも聞こえた。パパがこの言葉を使うのを聞いたのははじめてだったと思う。

　いったん涙《なみだ》が流れだしたら、そのあとはもう滝《たき》みたいだった。いや、滝《たき》じゃないな、それはちょっとおおげさかも。でも、いつ水が流れだすかわからない蛇口《じゃぐち》みたいではあった。自分が泣《な》いてるせいで目が覚《さ》めたこともあった。眠《ねむ》ってるあいだも泣《な》けるってことすら知らなかったよ。泣《な》くのが気持ちいいとまでは言えないと思う。けど、なにかつかえてたものが取れたような感じはする。のどに詰《つ》まったかたまりが小さくなって、つばをのみこむのがちょっと楽になって、息をするのもちょっと楽になって、おなかにあいた穴《あな》も、まえほど大きくて真っ暗な穴《あな》ではなくなった。

ママのこと、いままでのこと、パパと話そうとはしてるんだけど、ふたりともあんまりうまく話せない。慣《な》れてないからかな。けど、パパは、抱《だ》きしめてくれたり、涙《なみだ》を拭《ふ》いてくれたりするのはうまい。パパはいま『子どもと悲しみについて』っていう本を読んでるんだけど、わたしが見てないときをねらってこっそり読んでるつもりらしくて、読んだあとはベッド脇《わき》のテーブルの上、自転車雑誌《ざっし》の下に隠《かく》してる。で、ときどき、その本に書いてあったんだろうなってことをそのまま言ってくる。たとえば――

「どんな気持ちか、話すのがだいじだと思うんだ」

それとか――

「ママのこと、うつ病のことや自殺《じさつ》で亡《な》くなったことについて、なにかパパが答えられそうな質問《しつもん》はある？」

それとか――

「ママに手紙を書いてみないか？　いまの気持ちとか、考えてることとかを書くんだ」

いろいろためしてくれるのはうれしいけど、なんかパパらしくないんだよね。ちょっと……不自然《ふしぜん》っていうか。でも、ある日の夜、わたしはソファでパパにもたれてすわってて、ラッコの出てくる動物番組をいっしょに見てた。で、ラッコが寝《ね》るときには、仲間《なかま》からぷかぷか離《はな》れていってしまわないように手をつなぐっていうかわいい事実を知って、ふたりで大笑《おおわら》いしたところで、パパがいきなりこう言った。

「きのう、寝言《ねごと》言ってたな」

「ほんとに?」

わたしはびっくりした。小さいころは寝言《ねごと》言ってたってよく言われたけど、もう何年もまえの話だ。

「うん……それで、その寝言《ねごと》で……どういう意味だろうって思ったことがあってさ。〈リスト〉って言ってた。何度も言ってたんだ、〈リスト〉がどうのこうのって。サーシャ……なんのリストだ?」

わたしは固《かた》まった。あのリスト。

「ほかにはなんて言ってた?」

ふだんどおりに言おうとしたけど、声が張《は》りつめてる。

「よくわからなかったけど、本がどうとか、森がどうとか言ってたな。〈森はだめ〉だったかな?」

「森を避《さ》ける」わたしは思わず、そう言った。

「そう！　そう言ってた。〈森を避《さ》ける〉って。どういうことだ？」

パパの声のあい間《ま》に、テレビの音が聞こえてくる。ラッコについて説明《せつめい》してる声。貝とかウニとかを食べる。とった貝の殻《から》を開けるときには、貝を胸《むね》の上に置《お》いて、石をぶつけて殻《から》を割《わ》る。

わたしは立ち上がった。自分の部屋に入って、ダース・ベイダーを取ってくると、リビングのテーブルの上、パパの目の前に置《お》いた。

パパは、わけがわからないって顔になった。

「どうして……」

「電池入れるところのふた、開けて！」

「ああ」パパが言う。

眉間《みけん》にしわが寄《よ》ってる。それからしばらく、ダース・ベイダーの背中《せなか》にある黒いプラスティックのふたをいじってたけど、それがやっと開いて、パパは顔を上げてわたしを見た。

「それ、出して」

パパが出した紙切れは、ダース・ベイダーの暗い心の奥底《おくそこ》に何週間もつっこまれてたせいで、すっかりぐちゃぐちゃになってた。

「広げて。読んで」

パパは紙切れを広げると、それを長いあいだ、じっと見てた。パパの目が文章をなぞってるのが見える。わたしはのどの上のほうでしか息ができなくて、心臓《しんぞう》がばくばく言ってて、足はオッシみたいにがくがく震《ふる》えた。ついにパパが顔を上げて、わたしを見た。時間が止まる。なんて言うつもりだろう？　パパは咳払《せきばら》いをして、言った。

「読もうとはしてみたけど、字が小さすぎる。これじゃ読めないよ！」

わたしは一瞬《いっしゅん》だけカッとなったけど、つぎの瞬間《しゅんかん》には笑《わら》えてきた。めちゃくちゃ緊張《きんちょう》して待ってたのに、パパには読めてなかったってオチ！　パパも笑《わら》ったけど、ちょっと不安《ふあん》そうだ。

わたしはソファにすわると、パパから紙切れを取り上げた。で、声に出して読んだ。死なないために、ママみたいにならないために、気をつけなきゃいけないことを、ぜんぶ。髪《かみ》をばっさり切る、生きものの面倒《めんどう》をみようとしない、本を読まない、着るのはカラフルな服だけ、考えすぎない（できればなにも考えない）、散歩《さんぽ》と森を避《さ》ける、コメディ・クイーンになる。

ぜんぶ読みあげると、わたしは顔を上げてパパを見た。パパはものすごく悲しそうな顔をしてた。目がうるんでて、眉間《みけん》に深いしわが寄《よ》ってる。

「なあ、サーシャ。おまえは死んだりしないよ。いや、ただ死なないってだけじゃない。これからぞんぶんに、ゆたかな人生を送るんだ！　まちがいない。見てればわかる！　それに、ママにはたしかに……ふさぎがちなところ、気むずかしいところがあったかもしれない……けど、いいところ、すてきなところもたくさんあったんだ。おまえはそれを受けついでる。ママのいろんな面が、おまえからも見えてくる！」

「それがいやなんだってば！　ママと同じなのがいやなの」

「おまえはママと同じじゃないよ、おまえはおまえだ。けど、パパに似《に》てるところもあるだろ？　で、ママに似《に》てるところもある」

「だから、それがいやなの。ママ、病気だったじゃん。うつ病だったじゃん」

「ああ、それはそうだ。けど、ずっと病気だったわけじゃない。最初《さいしょ》から病気だったわけじゃない。ママっていう人を、そんなふうにまるごと捨《す》てないでくれ。たのむから」

こんどはパパが立ち上がる番だ。テレビの下の戸棚《とだな》に近づいていって、そこでしゃがんだ。で、大きなラッコが二匹《ひき》、あお向けになってぷかぷかうかんで、手をつないで水平線のほうへ遠ざかっていってるあいだに、パパは戸棚《とだな》を開けて、なにかを出してきた。赤い表紙の、大きな本みたいなもの。わかった。わたしが小さかったころのアルバムだ。パパはそれをテーブルに置《お》いて、またわたしのとなりにすわると、最初《さいしょ》のページを開いた。白黒の超音波《ちょうおんぱ》写真、ママのおなかのなかにいるわたしの写真。

「赤《あか》ん坊《ぼう》がおなかのなかにいるとき、お母さんとその赤《あか》ん坊《ぼう》は細胞《さいぼう》を交換《こうかん》しあうんだって。知ってたか？　どうしてそうなるのかはわからないらしい。けど、とにかく、妊娠《にんしん》中のどこかの時点で、細胞《さいぼう》がとりかえっこされる。すごいと思わないか？」
写真の下に、パパの筆跡《ひっせき》で、こう書いてある——〈ぼくらの赤ちゃん、十八週間！〉
つぎのページでは、わたしがママに抱《だ》っこされてた。茶色の髪《かみ》は短くて、着てるのはゾウさん模様《もよう》の白と青のロンパース。生まれてから、たった三日しかたってない。ママはにっこり笑《わら》ってて、哺乳瓶《ほにゅうびん》でわたしにミルクをあげてる。ふたりとも、おたがいの目をじっと見つめてる。この写真の下には、ママがこう書いてた——〈*Ich liebe dich zum Mond und zurück*《イッヒ・リーベ・ディッヒ・ツム・モント・ウント・ツリュック》〉。これはドイツ語で〈月まで行って帰ってくるくらい愛《あい》してる〉、つまり、すっごく愛《あい》してるって意味。ママはいつもそう言ってくれた。月まで行って帰ってくるくらい愛《あい》してるって。心がぎゅっと痛《いた》くなる。そんなこと、もう忘《わす》れかけてたから。

パパとわたしはいっしょにアルバムをめくった。家族みんなの写真がある。わたしといっしょにベッドに寝《ね》そべって、絵本を読んでくれてるママ。わたしはまだ赤ちゃんだ、なんだかやたらと太ってるけど。ママとわたしは頭を寄《よ》せあってて、髪《かみ》の色がまったく同じチョコレート色なのがわかる。五歳《さい》ぐらいかな、自転車に乗れるようになったばかりのわたしを、パパが追いかけてる写真もあった。写真に写ったわたしとパパは、表情《ひょうじょう》がほとんどおんなじで、怖《こわ》いけど大興奮《だいこうふん》、みたいな顔だ。それから、真っ黄色のレインコートを着て、わたしをすわらせたベビーキャリアを背負《せお》ったママが森を歩いてる写真。わたしはいちごみたいな赤い帽子《ぼうし》をかぶってる。ふたりともほっぺがうっすら赤くて、ママは楽しそう。写真の下に、ママがこう書いてる――〈キノコ狩《が》りをするわたしとサーシャ（二歳《さい》半）〉。よく見ると、わたしはほんとに、ちっちゃなアンズダケを手に握《にぎ》ってた。

「おまえ、森が大好《だいす》きでさ」パパが言う。「このベビーキャリアにすわるのが好《す》きだったな。すわらせると落ちつくんだ」

「そうなの？」

わたしはパパを見た。パパはもう何日もひげを剃《そ》ってなくて、短めのあごひげを生やしたみたいになってる。わたしはこれがわりと好《す》き。

「そうだよ！　ふだんはけっこうやんちゃだったんだぞ。本を読んでもらうのも大好《だいす》きだったな、で、そのうち自分で読むのも好《す》きになった。それも落ちつくもとだった。おまえはママみたいに好奇心《こうきしん》が強くて、頭がよくて、頑固《がんこ》で、口が達者《たっしゃ》だ。それに……お笑《わら》いの才能《さいのう》。あれは少なくともパパからの遺伝《いでん》じゃないな。どうがんばってもパパには無理《むり》だ」

パパは笑《わら》った。

「覚《おぼ》えてるかな。ママはよく、ファニー・ボーンズを持ってる人たちって言いかたをした。骨《ほね》の髄《ずい》までおもしろい人たち、みたいな意味だ。ママは最後《さいご》の一年、ずっとふさぎこんでたから、忘《わす》れそうになるけどな。サーシャ、おまえのママは、パパがこれまでに出会ったなかで、いちばんと言っていいくらいおもしろい人だったよ。ママのことが好《す》きになったのにはそれもあった。ほんとに、ファニー・ボーンズの持ち主だったんだ。おまえと同じだよ」

ラッコはもう見えなくなった。だって、わたしの目は、あったかい、しょっぱい涙《なみだ》で、すっかりぼやけてしまったから。

言うのがつらすぎて口にも出せないことっていうのがある。のどになにかが詰《つ》まってるみたい。わたしはごくり、ごくりとつばをのみこんだ。リンを見る。青い椅子《いす》にもたれてすわってる。きょう着てるのはグレーのTシャツで、怒《おこ》った顔をしてうしろ足で立ってるクマの絵だ。口からふきだしが出てて、〈笑《わら》えなんて指図するな！〉って英語《えいご》で書いてある。

「話しにくいときには、代わりに書いたほうが楽ってこともあるよ」まるでわたしの頭のなかを読んだみたいに、リンがそう言った。

で、テーブルに置《お》いてあったレポート用紙を、わたしのいる側《がわ》へさっとすべらせてよこした。わたしはゆっくりそれを手に取った。また、ごくり。リンはオレンジ色のフェルトペンも貸《か》してくれた。

わたしはペンのキャップを取って、書いた――〈ママが自殺《じさつ》したのはわたしのせいだって、ときどき思う〉。迷《まよ》ったけど、けっきょくレポート用紙とペンをリンに渡《わた》した。リンはそれを読むと、顔を上げてわたしを見た。眉間《みけん》にしわが寄《よ》ってる。それから、自分もなにか書いて、わたしにさしだした。〈どういうふうにサーシャのせいなの?〉

〈わからない〉とわたしは書いた。

リンにレポート用紙を返す。ペンが落ちてテーブルの下にころがっていった。

「しゃべってもいい?」リンが言う。

わたしはうなずいた。リンがこっちを見てるのがわかるけど、わたしは目を合わせられない。

フェルトペンが落ちてる床《ゆか》を見下ろしてる。

「どうして自分のせいだって思うの、サーシャ?」

リンがそう言ってレポート用紙をくれて、わたしはそれを受けとったけど、ひざの上に置《お》いたままにした。で、ほとんどささやくような声で言った。

「わかんないけど……一度、ママは死んじゃったほうがいいんじゃないかって思ったことがあって。その日は……ママ、もう長いことずうっと落ちこんでて。毎日泣《な》いてて。ママが泣《な》いてるの、もう聞きたくなかった。それで頭にきちゃって。ふとんにもぐってるママを見るのもいやだった。洗《あら》ってない髪《かみ》が枕《まくら》に広がってるのも。恥《は》ずかしくてたまんなくて、友だちを家に呼《よ》ぶこともできないって思った。そう考えて、そしたら……ああいうことになった。もしかす

る と……」

のどに詰《つ》まったかたまりがいま、すごく大きくなってる。わたしは何度もつばをのみこんだ。もう話せなくなりそう。ペンをじっと見つめる。テーブルの下でぴかぴか光ってるみたい。オレンジ色、強烈《きょうれつ》な、どぎついオレンジ色。

「もしかすると……わたしがそんなこと考えたからかなって」

わたしは顔を上げて、リンを見た。リンは目をまるくしてたけど、目線はやわらかかった。

「サーシャ。約束《やくそく》する。お母さんが自殺《じさつ》で亡《な》くなったのはサーシャのせいじゃない。ぜったいにちがうって言える。百パーセント。あなたがいるから、お母さんは生きたいって思えたんだよ。わかる？　お母さんはあなたを愛《あい》してた。わかるよね？」

「なにがわかるの？　ママのこと知ってたわけでもないのに」

声が震《ふる》えてるけど、できるかぎりきつく言った。その奥《おく》にあるなにか、もろくていまにも砕《くだ》けてしまいそうななにかを、表《おもて》に出したくなくて。

「とにかくわかるの。それに、お父さんとは話をしたからね。お父さんはお母さんのこと、ちゃんと知ってたでしょ？　お母さんはあなたを心から愛《あい》してたんだよ、サーシャ。わかる？」

「でも、じゅうぶんは愛《あい》してなかったってことでしょ。わたしのために生きなきゃって思うほどには」

　わたしはささやき声だ。ほとんど聞こえない声。リンは悲しそうな顔になった。深々《ふかぶか》と息を吸《す》いこんでから、長いため息をついた。

「ねえ、サーシャ。お母さんはね、あなたがいるから生きたいって思ってたの。でも、そのうち生きられなくなってしまった。病気になったから。うつ病ね。人はときどき、人生に耐《た》えられなくなってしまう。お母さんもそうだったの。ほんとうに悲しい、つらいことだけど」

　わたしは窓《まど》の外を見た。空が白い。グレーでもなく、ブルーでもなく、ふわふわの綿《わた》みたいに白い。わたしは唇《くちびる》をぎゅっと閉《と》じた。つるっとしたほっぺの内側《うちがわ》をがりがりかんでたら、切れたのがわかった。口のなかに広がる血の味。体が重くて、まるで鉛《なまり》でできてるみたい。

「でも、それでも……ひょっとして、わたしにも……なにかできたんじゃないかって……なにかするべきだったんじゃないかって」

　リンはしばらく黙《だま》ってた。テーブルに置《お》いてある目覚《めざ》まし時計の赤い秒針《びょうしん》が、かくん、かくんと動いてる。一秒、また一秒。やがてリンが椅子《いす》から身をのりだして、真剣《しんけん》な目でわたしを見た。

「ちょっとまえにネットで読んだ記事があってね。あなたのお母さんがどんな気持ちだったか、わたしにはもちろんわからないけど、それでもその記事を読んで、お母さんのことを思いだしたの。ある男の人が、気持ちがふさいでしかたなかったときに、どういう感じだったかを書いた記事だった。ほんとに、ものすごくふさぎこんでたらしい。悲しくてたまらなくて、うつ状態《じょうたい》で。生きてるのもいやだった。で、その人が、まるで交通事故《じこ》のまっただなかにいるみたいだった、って書いてたの。ずっとだよ。事故《じこ》の瞬間《しゅんかん》がずっとつづくの。車がぶつかってる最中《さいちゅう》に、ほかのことなんか考えられない、ってその人は書いてた。そうでしょ？　幸せな思い出とか、まわりにいる人たちがどんなにすてきかとか、なにをするのが好《す》きかとか、このあとはなにをしようかとか、そんなことは考えられない。たいへんな事故《じこ》のまっただなかだから。ほかのことはなにも見えないし、感じることもできない。なにもできない。なんとか対処《たいしょ》しようとするけど、とても無理《むり》。永遠《えいえん》に終わらない事故《じこ》のまっただなかにいたら、なにをどうすればいいかなんて、なかなかわからないもの。そうじゃない？　うつ病っていうのはそんなふうに、車がぶつかったくらいの痛《いた》みを感じるものなの。体の痛《いた》みじゃなくて、精神《せいしん》っていうか、そういうものの痛《いた》みね。脳《のう》みそや、心の痛《いた》み。感じること、考えることが苦しい。そうなったら、ちゃんとした専門家《せんもんか》の助けを借《か》りるしかない。心理士《しんりし》とか、お医者さんとか、精神科《せいしんか》のお医者さん。薬が必要《ひつよう》だし、入院したりもしなきゃいけない。そうやって交通事故《じこ》の状態《じょうたい》から抜《ぬ》けださないといけないの。わかる？　サーシャ、精神科《せいしんか》のお医者さんにも止められなかったことを、あなたが止められるわけないと思わない？　あなたはお母さんの子どもでしょ？　神さまでもなんでもなくて」

「ママの子どもだった」

「あなたはいまでもお母さんの子どもだよ。お母さんはいまも、サーシャのお母さん」

「それはちがう。もういないもん」

目の奥《おく》のほうにある涙《なみだ》。燃《も》えてるのがわかる。

「いるよ。そこに。サーシャのなかに」

リンは立ち上がって、わたしの前にしゃがんだ。わたしの手を取る。その手をわたしの胸《むね》にあてる。心臓《しんぞう》の上に。

「お母さんはここにいる。いっしょに過《す》ごした時間。いろんな思い出。お母さんが抱《だ》きしめてくれたこと。体がぜんぶ覚《おぼ》えてる。脳《のう》みそがぜんぶ覚《おぼ》えてる。体にちゃんと残《のこ》ってる。お母さんは心のなかに、ちゃんといるんだよ」

わたしは立ち上がった。あわてて立ち上がったせいで、リンがしりもちをついた。涙《なみだ》がこぼれてしまわないように、わたしは大急ぎで床《ゆか》に寝《ね》そべった。すごくへんだってことはわかってるけど、気にしてられない。パパの前で泣《な》くのはまだいいとしても、ここで泣《な》くのはまたべつだ。児童精神科《じどうせいしんか》で。心理士《しんりし》の前で。

「えっ、なに、どうしたの?」

リンがびっくりしてる。わたしは天井《てんじょう》をまっすぐ見上げた。まばたきしたら涙《なみだ》が出ちゃう。だから、まばたきもできない。

「サーシャ、どうして床《ゆか》に寝《ね》てるの？」

リンがずりずり寄《よ》ってきて、わたしのそばにすわった。髪《かみ》をそっとなでてくれる。ひくっとしゃくりあげる声が出た。

「泣《な》きたくないの。ママみたいにずっと泣《な》いてるのはいやなの」

「ねえ、サーシャ。泣《な》いたり悲しくなったりするのは悪いことじゃないよ。よくないのは、そういう悲しい気持ちとか考えとかを、ひとりでかかえつづけること。自分の問題はもう解決《かいけつ》できないんだ、これからずうっと悲しいままなんだ、自分は世界でひとりぼっちなんだ、って思えてきちゃうかも」

「でも、わたし、うつ病だとか心の病気だとか思われたくない。ふつうでいたいだけなの！」

「なに言ってるの！」リンが言う。「サーシャは病気じゃないよ！　わたしがそう思うって思ってたの？　泣《な》くのはおかしくもなんともないでしょ？　悲しいことがあったんだから。たいせつな人を失《うしな》った。お母さんを失《うしな》ったんだから」

すると急に、目が洪水《こうずい》を起こして、涙《なみだ》がほっぺをつたって流れだした。耳に流れこんで、ほこりっぽい床《ゆか》に垂《た》れて、床《ゆか》が濡《ぬ》れる。わたしは横向きになって、ボールみたいに体を小さく丸めた。出てきたのは、うめき声だった。

「わたし……わたし、もう、だれにも〈ママ〉って言えない」

そして、わたしののどから、聞いたこともない音が聞こえてきた。小さな犬が遠吠《とおぼ》えしてるみたいな声。全身ががくがく震《ふる》えてるのがわかる。リンはわたしの肩《かた》に腕《うで》をまわして、ちょっとほこりをかぶった床《ゆか》の上で、わたしを引きよせて、ぎゅっと抱《だ》きしめた。体の震《ふる》えがすごくて、だれかに揺《ゆ》さぶられてるみたい。わたしはリンの肩《かた》に顔をぐいぐい押《お》しつけた。リンは痛《いた》いかもしれない。わたしは痛《いた》い。痛《いた》くて、苦しい、苦しい、どうしたらいいんだろう。そうして時間が過《す》ぎていった。いったい何分たったのか、もうわからない。体が震《ふる》えて、涙《なみだ》が流れて、リンがこう言う――

「だいじょうぶ、だいじょうぶだよ、サーシャ、泣《な》いていいよ。思いっきり泣《な》いていいんだよ。だいじょうぶ」

しばらくすると、遠吠《とおぼ》えがやんだ。もうしばらくすると、体の震《ふる》えが少しおさまってきた。わたしはひくひく息をして、鼻をすすってる。もうしばらくすると、涙《なみだ》がもうなくなったみたいだった。

わたしのなかはからっぽで、しんとしてる。のどに詰《つ》まったかたまりはもうない。涙《なみだ》でとけたんだ。消えてしまった。リンがわたしの髪《かみ》をなでてくれてて、なにもかもが静《しず》かで、おだやかだ。わたしは体を起こした。リンを横目で見ると、リンもなんとか上半身を起こしてすわってるところだった。リンも泣《な》いたみたいに見えないこともない。グレーのTシャツの肩《かた》のあたりに、わたしの涙《なみだ》でしみができてる。大きなしみ。木みたいな形だ。幹《みき》があって、枝《えだ》が広がってて、ふわっと葉っぱがしげってて、大きな雲みたい。ママ、森が大好《だいす》きだった。

「ごめんなさい」わたしはしみを見ながらこくんとうなずいて、そう言った。

「いいよ、こんなの！」

リンがティッシュを渡《わた》してくれたので、わたしは一枚《まい》もらって涙《なみだ》をふいて、鼻をかんだ。リンもティッシュを一枚《まい》取って、目の下にあてて、てる。

「涙《なみだ》って、体から出る液体《えきたい》のなかで、いちばんきれいなものだからね」リンが言った。

「そうなの？」

「そうだよ、だって、ほかは汗《あせ》とか、血とか、おしっことか、鼻水とかでしょ。涙《なみだ》がいちばんきれいだと思わない？」

「それならよかった、肩《かた》におしっこしなくて。最初《さいしょ》はちょっとそのつもりだったんだけど」とわたしは言った。

リンがくすっと笑《わら》う。小さな、ふふっていう音。鼻から出た息。それで、わたしもふふって笑《わら》った。リンがまた笑《わら》う。その目を見て、いまにも大笑《おおわら》いしそうだけど、それをがまんしてるんだってわかった。目が半開きみたいになってるし、肩《かた》に力が入ってる。くすくす笑《わら》いがわたしのなかに広がっていくのがわかる。で、いきなり、まったく同時に、わたしたちは声をあげて笑《わら》いだした。大声で、ひたすら笑《わら》った。笑《わら》いがおさまりそうになってきたところで目が合って、また笑《わら》いだした。もとにもどるまでに何分もかかった。

「もう、ほんとおもしろい子だよね、サーシャって！」

「ほんと？　ほんとにそう思う？」

ほめられたのがうれしくて、ほっぺが熱《あつ》くなる。

「ほんとだよ！　頭の回転が速いし、すごく賢《かしこ》いもん」

「あのね、わたし、スタンダップ・コメディアンになるの！　それは言ったたっけ？」

「聞いてないよ！　合唱《がっしょう》が大好《だいす》きってことしか……」

わたしは気まずくなって、ちょっと笑《わら》った。

「それは……それは、ちょっと言ってみただけで」

「そんな気はしたよ」リンはそう言って、からかうみたいにわたしの脇腹《わきばら》をつついた。

「もしよかったら、つぎに会うとき、ルーティンやってあげようか？　〈ルーティン〉って、連続《れんぞく》ジョークのことなんだけど。三分で終わるよ」

「聞きたい！　楽しみ！」

リンは出入り口のそばの、上着をかけてあるところまでついてきて、じゃあねってハグしてくれた。外に出ようとしたところで、わたしはふと立ちどまった。きかなきゃいけないことがひとつある。

「ねえ、リン」

「なあに？」

「まえにも泣《な》いたことある？」

「そりゃ、あるよ」

「でも……患者《かんじゃ》さんと話してるとき、いつも泣《な》くの？」

「いつもってことはないけど、気持ちが揺《ゆ》さぶられて、目に涙《なみだ》がうかぶことはあるよ。でも、人と並《なら》んで床《ゆか》に寝《ね》そべって泣《な》くことはめったにないかな」

リンはにっこり笑《わら》ってる。わたしも笑《わら》った。

「わたしが泣《な》いたの、いやだった？」リンがそっときいてくる。

「ううん、べつに。ちょっとうれしかったよ」

「よかった」

「つぎは床《ゆか》に寝《ね》そべって笑《わら》おうよ」とわたしは言った。「変化《へんか》つけないと」

「両方、ちょっとずつがいいかもね」とリンが言う。わたしはうなずいた。

連《つ》れていって、いなか道

五月のある土曜日の朝、パパがいきなりロールカーテンを開けたせいで目が覚《さ》めた。太陽の光が、まるでライトセーバーみたいに目をつき刺《さ》す。

「ちょっと！」わたしは叫《さけ》んだ。「閉《し》めてよ！」

寝《ね》返《がえ》りを打って、ふとんをかぶる。まだめっちゃ眠《ねむ》いのに。

「サーシャ、ほら、出かけるぞ。いなかに遠出するんだ」

「やだ」わたしは言った。

「やじゃない」パパが言う。「レンタカー借《か》りたんだから！」

パパがベッドに腰《こし》かけて、ふとんをはぎ取った。わたしの首をくすぐりはじめる。

「なんで？」わたしは言った。「都会のほうが好《す》きなんだけど」

「ピクニック用の食べものも用意してあるんだ。ほらお嬢《じょう》さん、新鮮《しんせん》な甘《あま》いマンゴーはいかがです？　ダディー特製《とくせい》のシナモンロールは？　ピーナッツバターとジャムのサンドイッチは？　うまそうだろ？　な？　な？」

パパにわきの下もくすぐられて、わたしは笑《わら》うつもりなんかなかったのに笑《わら》ってしまった。

「そりゃ、おいしそうだけど……うちで食べるんじゃだめなの？　バルコニーとかでさ」

「まったく、サーシャ！　どこまでなまけるつもりだ？　自然《しぜん》ゆたかなところに出かけるのも、たまにはいいもんだよ。森で散歩《さんぽ》してさ。気持ちのいい空き地を見つけて、そこでピクニックするんだ！」
6．散歩《さんぽ》を避《さ》ける。森を避《さ》ける。
どうしてもリストのことを考えてしまう。あれはもう忘《わす》れてかまわない、それよりも、自分が、これからやりたいことについて考えたほうがいい、ママがそれを好《す》きだったかどうかに関係《かんけい》なくね、ってリンには言われたけど。

わたしは起き上がって、大あくびをした。時計を見る。

「ちょっと、パパ、ダース・ベイダーまだ八時なんだけど！　土曜日だよ！」

「まったくもう、子どもの権利条約《けんりじょうやく》には反してないぞ。着替《きが》えなさい！」

＊＊＊

一時間後、わたしはちょっとだけモヤモヤしながらも助手席《じょしゅせき》にすわってる。パパはラムシュタインっていうドイツのバンドの曲に合わせて歌ってる、じゃなくて、叫《さけ》んでる。

「*DU HAST! DU HAST MICH!*《ドゥ・ハスト・ドゥ・ハスト・ミッヒ》」

三人家族だったころ、自分の好《す》きな曲をかけていい順番《じゅんばん》は、三回に一回まわってきた。いまは二回に一回だ。

車が橋を渡《わた》る。標識《ひょうしき》に〈ドロットニングホルム〉って書いてあるのが見えたかと思ったら、左側《がわ》にとんでもなく大きなクリーム色のお城《しろ》があらわれた。ドロットニングホルム宮殿《きゅうでん》。鏡《かがみ》みたいな湖に映《うつ》ってる。白い蒸気船《じょうきせん》がポッポッて音をたてながら、信《しん》じられないほどゆっくりと桟《さん》橋《ばし》に向かってて、煙突《えんとつ》からは灰色《はいいろ》の煙《けむり》がもくもく出てる。ラムシュタインの曲が終わると、わたしは『テイク・ミー・ホーム、カントリー・ロード』を選《えら》んだ。ママが好《す》きだった曲。よくこれをかけてた。パパがちらっとわたしを見る。わたしはさっきのパパみたいに、曲に合わせて自分も歌ったりはしない。けど、頭のなかではママの声が聞こえてた。

まるで天国　ウェストヴァージニア
ブルーリッジ山脈《さんみゃく》　シェナンドー川
暮《く》らしは昔のまま　木々よりも古く

山々よりは新しく　そよ風のよう
カントリー・ロード　いなか道よ
連《つ》れていってくれ、ふるさとへ
おれのいるべきあの場所へ

車は宮殿《きゅうでん》のそばを通《とお》り過《す》ぎて、林も、馬のいる牧場《ぼくじょう》も素通《すどお》りして、いなか道を走りつづけた。パパは車を止めない。ドライブは好《す》きだし、こうしてずっとパパのとなりにすわってるのもいいなと思う。で、このまままっすぐ走っていくの。遠くへ、遠くへ。ところが、そう思ったところでパパが急にハンドルを切って、車は狭《せま》い道に入った。標識《ひょうしき》に〈スヴァットシェー〉って書いてあるのがちらっと見えた。道路ははじめアスファルトで舗装《ほそう》されてたけど、すぐに砂利道《じゃりみち》っぽくなった。車ががたがた揺《ゆ》れる。ようやく止まったのは、角や窓枠《まどわく》が白く塗《ぬ》ってある大きな赤い家のそばだった。わたしははてなマークをうかべてパパを見た。

「ここでなにするの？」

「いや、ちょっと……あいさつしていくだけだよ」パパがなにかをごまかすみたいに言う。

わたしは眉間《みけん》にしわを寄《よ》せた。ドッキリをしかけられるの、いやなんだけど。

ワンコの力で心臓発作《しんぞうほっさ》

赤い家からちょっと離《はな》れた芝生《しばふ》に金網《かなあみ》が張《は》ってあって、なかは犬用の広い遊び場になってた。そこで、真っ黒だったり、キャラメル色だったり、ぶち模様《もよう》だったりのちっちゃなコッカースパニエルの仔犬《こいぬ》が、何匹《なんびき》も走りまわってワンワン吠《ほ》えてる。いや、ワンワンじゃないな、キャッ、キャッ、キャッて感じ。はぁはぁ息してる小さな口から、小さくて真っ白な歯が見えて、そこからキャッ、キャッて小さな声が出てる。ふざけておたがいの耳をかんだり、ママ犬《いぬ》の下にもぐりこんでお乳《ちち》を飲もうとしたりしてて、ママ犬はすっかりへとへとで、横になったまま動かない。ぽっちゃりしたキャラメル色の子の上に、黒い子がのっかってだらんとしてて、ちっちゃな仔《こ》犬《いぬ》の山みたい。何匹《なんびき》いるのかなと思って数えてみたけど、たくさんいるし、すごい勢《いきお》いで走りまわってるしで、なかなかちゃんと数えられない。けど、たぶん七匹《ひき》だと思う。それか、八匹《ぴき》。気がついたら、わたしはいつの間《ま》にか金網《かなあみ》のすぐそばまで来てた。もちろん歩いたんだろうと思う。片足《かたあし》を前に出して、もう片方《かたほう》の足をその前に出して、進んだにちがいない。けど、ほんとにそうなのかどうかよくわからない。仔犬《こいぬ》たちはみんな、もうとんでもないかわいさで、わたしはあまりの状況《じょうきょう》に心臓《しんぞう》が止まった気がした。ある意味、心臓発作《しんぞうほっさ》みたいだけど、これはいい発作《ほっさ》。ワンコの力で起きた発作《ほっさ》だから。

わたしは金網《かなあみ》の前で地面にひざをついた。ただただ仔犬《こいぬ》たちをじいっと見つめてると、なにかやわらかい、あったかいものが、心臓《しんぞう》に流れこんできてる気がした。で、ふわふわの綿《わた》のかたまりみたいなそれが、心臓《しんぞう》にそのまま積《つ》もっていく。なにもかもがおだやかで、なめらかになる。黒い子の下敷《したじ》きになってたキャラメル色の子が、そこから抜《ぬ》けだそうとして何十センチもずるずる這《は》ってるんだけど、黒いほうはキャラメル色の背中《せなか》にだらんと寝《ね》そべったままで、仔犬形《こいぬがた》の重たいリュックサックみたい。ついにキャラメル色が黒の耳にかみついたもんだから、黒い子は胸《むね》の張《は》りさけそうな声でクウンとひと鳴きしたけど、きょうだいの上からは下りてあげてた。ようやく解放《かいほう》されたキャラメル色の子が、わたしに向かって走ってくる。ピンクのちっちゃな舌《した》が口の外にだらんと出てる。で、金網《かなあみ》の網目《あみめ》から、まるくてちっちゃな鼻をぬっと出して、わたしの手に押《お》しつけた。鼻は湿《しめ》ってて、ちょっと冷《つめ》たい。鋭《するど》くてちっちゃな歯が、いきなりわたしの親指をかむ。

「いたっ」わたしは言った。「ちょっとさ、初対面《しょたいめん》の人をかむってどうなの？　ねえ？　どうなの？」

わたしの声はシロップみたいに甘《あま》ったるい。こんな声、ふだんは出さないんだけど。ぜったい出さないんだけど。仔犬《こいぬ》はわたしの親指から口を離《はな》すと、たったいま目を覚《さ》ましたみたいなぼけっとした顔で、まんまるの茶色い眼《め》でわたしを見た。それから横を向こうとした。鼻先を引っこめようとしてるんだけど、なんと金網《かなあみ》にひっかかってる！　この仔犬《こいぬ》ときたら、あとずさるってことを知らないみたい。こんなかわいいことで困《こま》ってるの、たぶんいままで見たことないよ！

「まったくもう、うしろに歩けばいいだけじゃん」わたしはそう言って、笑《わら》った。

やっと鼻先が金網《かなあみ》から抜《ぬ》けて、仔犬《こいぬ》は大喜《おおよろこ》びでキャンキャン言いながら芝生《しばふ》を走りまわりはじめた。だらんと垂《た》れてる耳がぴんと立つほどのすごいスピード。で、ずうっとしっぽをぶんぶん振《ふ》ってる。やがてその子はふと立ちどまって、わたしを見た。クンクン鳴いてる。なにかおねがいがあるみたいに。

パパがわたしのとなりにしゃがみこんだ。

「なんて言ってるんだろ。おなかすいてるのかな？」わたしは言った。

「おまえにあいさつしてるだけかもしれないぞ」パパが言う。

そのとき、赤い家の玄関《げんかん》から女の人がひとり出てきた。水色のデニムはぼろぼろで、両ひざに大きな穴《あな》があいてる。黒い髪《かみ》を頭のてっぺんでひとつにまとめてる。で、雨が降《ふ》ってるわけでもないのに、とっても長いゴム長靴《ながぐつ》をはいてた。

「いらっしゃい！」女の人が大声を出した。「もうあいさつしてるんですね」

「ああ、すみません、なにも言わないで庭にずかずか入ってしまって」パパがそう言って立ち上がった。「まず玄関《げんかん》にお邪魔《じゃま》して、ごあいさつするべきだったんですが……」

女の人は、そんなのかまわない、って言ってるみたいに手を振《ふ》った。

「仔犬《こいぬ》にあいさつしないで素通《すどお》りできる人がいるとしたら、その人のほうがおかしいわ！」

女の人が近づいてきて、パパと握手《あくしゅ》した。

「アニータです」

「アッベです。いや、本名はアルベルトですけど」

わたしはアニータを見上げたけど、立ち上がることはできなかった。キャラメル色の仔犬《こいぬ》がちょうど、ちっちゃなピンクの舌《した》でわたしの手をなめはじめたところで、やめてほしくなかったんだ。だから、こんにちは、って言うだけにしておいた。アニータはわたしの肩《かた》に手を置《お》いて言った。

「あら、まあ！　もう家族だってわかったのね！」

わたしはびっくりしてアニータを見た。

「この子なのよ、おたくに行くことになってる仔犬《こいぬ》。引きとりはこんどの週末以降《しゅうまついこう》ね。うちではファッジって呼《よ》んでるの、やわらかいキャラメルみたいな子だから。そう思わない？　この色」

「でも、パパ、言ったじゃん、わたし……」

わたしはそこで口をつぐんだ。最後《さいご》までは言わなかった。犬用の庭を見た時点で、ぴんときてもよかったはずなのに。ぜんぜんわかってなかった。これが、ファッジ？　わたしの犬になる子？　ベッドの下の奥《おく》のほうにしまいこんである、あの箱に入ってる写真の子？　パパは聞こえないふりをしてる。黒い子が遊べるように、金網《かなあみ》の網目《あみめ》から小さな棒《ぼう》きれをつっこんであげてる。

「仔犬《こいぬ》にはみんな、お菓子《かし》の名前がついてるの」アニータが言った。「このおてんば娘《むすめ》がリコリスで……」

アニータが指さしたのは、さっきまでファッジの上に寝《ね》そべってた真っ黒な仔犬《こいぬ》だ。いまはパパが持ってる棒切《ぼうき》れをいっしょうけんめいかんでる。

「で、あそこ、お水入れのそばにいるのが、ヌガーね。ほら、あのちょっと濃《こ》い茶色の子。で、あっちにいるのが、スニッカーズと、ドゥムレと、ヤップと、ブリトルと……あれっ、どこかしら、いつもどこかに隠《かく》れて……」

そのとき、ママ犬の脚《あし》の下から、おなかと背中《せなか》は黒いけど脚《あし》と顔は茶色の、ちっちゃい仔犬《こいぬ》がごそごそ出てきた。ママ犬は眠《ねむ》そうな目でその子を見ると、鼻先でやさしく、つん、とつついた。

「ああ、いた！　あそこだわ！　ミント！」

わたしはパパと顔を見あわせて笑《わら》った。

「チョコレートのお菓子《かし》の名前、もう思いつかなくて」アニータが言う。「ちょっと待っててくださいね、ファッジを出してあげるから。ちゃんとごあいさつしないとね！」

アニータは囲《かこ》いに沿《そ》って向こう側《がわ》にまわると、そこにある戸を開けた。仔犬《こいぬ》たちがみんなアニータに突進《とっしん》して、つまずいてころんでぶつかりあってる。アニータはゴム長靴《ながぐつ》をはいた足を、仔犬《こいぬ》たちの小さな体のすき間《ま》にそうっと置《お》いた。

「かわいそうなティルダ、もうへとへとね！」アニータがそう言って、ママ犬をなでた。「仔《こ》犬《いぬ》が八匹《ぴき》だもの。想像《そうぞう》してみて！　子ども八人の面倒《めんどう》をみるの！　そのうえ育児《いくじ》を分担《ぶんたん》できるパートナーもいないんだから」

アニータがパパに向かってウインクする。パパとティルダには意外と共通点《きょうつうてん》があるってことを、この人は知らない。いや、わたしにはきょうだい七人もいないけど、そこじゃなくて。

「パパ犬はどこにいるんですか？」わたしはきいてみた。

「パパのほうはね、スモーランドのおうちに帰ったの」

パパ犬が生きてるってわかって、わたしはほっとした。考えてみればへんだけど。生きててあたりまえじゃない？

アニータがファッジを抱《だ》き上《あ》げて、金網《かなあみ》の向こうからわたしにさしだした。ファッジはびっくりしてるみたい。

わたしは立ち上がってファッジを受けとめた。ファッジは下りたがってじたばたしてるけど、その毛を指でさわってみると、すべすべで、ふわふわしてる。ファッジは鼻先をわたしのわきの下につっこんだかと思ったら、くしゅんとくしゃみをした。一回だけじゃないよ、二回、三回も！　で、そのあと頭をぶんぶん振《ふ》ったから、耳がばたばた動いた。わたしは笑《わら》って、パパの目を見た。パパもにこにこ笑《わら》ってる。

急にファッジがおとなしくなった。ちっちゃくてあったかいファッジの体が、わたしの胸《むね》にもたれかかる。ファッジはきれいな金茶色の眼《め》でわたしを見上げて、わたしの口から鼻のほうまで、ぺろっとなめた。

わたしの胸《むね》のなかで、虹色《にじいろ》のあぶくが、炭酸《たんさん》みたいにシュワーッとわき上がった。心臓《しんぞう》や脳《のう》みそのほうまで上がっていって、その途中《とちゅう》でひとつずつ、パチッ、パチッてはじける。なかに入ってるのは、愛《あい》だ。なによりあったかくて、なんのまじりけもない、愛《あい》。

家に帰る車のなかで、わたしはずっと黙《だま》ってた。窓《まど》の外では、世界がどんどんうしろに飛《と》んでいく。木も、湖も、家も。わたしは目を大きく開けて前をじっと見つめてるけど、なにも見えてなかった。いろんな考えが頭のなかを飛《と》びまわる。まるで銀色のパチンコ玉みたいに。

ほんとに、あのリストを捨《す》ててもいいの？　二番めの項目《こうもく》を無視《むし》しても、ほんとにだいじょうぶ？　あれがいちばんだいじな項目《こうもく》だったかもしれないのに？

2．生きものの面倒《めんどう》をみようとしない。

ファッジの面倒《めんどう》をみたくないわけじゃない。ていうか、それ以上《いじょう》にやりたいことなんて、世界じゅうを見わたしたってひとつもない。けど、失敗《しっぱい》するのが怖《こわ》くてたまらない。わたしにファッジの面倒《めんどう》をみる力がなかったらどうするの？　世話のしかたがわからなかったら？　もし、わたしのせいで……ファッジが病気になってしまったら？　ファッジを悲しませてしまったら？　そうなったら、わたしはファッジの面倒《めんどう》をみられなくなって、手放《てばな》すしかなくなる。ファッジはひとりぼっちになってしまう。捨《す》てられて。

でも……毎朝、目を覚《さ》ますときに、ちっちゃくてあったかいファッジが足元に寝《ね》てたら、どんなに幸せだろう。あのふわふわふわの垂《た》れ耳。ぶんぶん振《ふ》ってるしっぽ。毎日が楽しくなりそうじゃない？　それに、わたしだって、愛情《あいじょう》だったらたっぷりあげられるはずだよね？

アニータの家を出発するときに、パパが、どんな結論《けつろん》になろうとわたしの決めたことを尊重《そんちょう》するって言ってくれた。とはいっても、パパがファッジを飼《か》いたがってるのは見てればわかるけど。ファッジやほかの仔犬《こいぬ》たちの写真、五十枚《まい》は撮《と》ってたもん。

「仔犬《こいぬ》のころの写真、あったほうがいいだろ。あとでアルバムをつくれるようにさ」だって。まあ、わたしだって人のことは言えない。わたしも写真撮《と》ったからね、何枚《なんまい》か。

頭のなかがもうめちゃくちゃだ。どうしたらいいのか、ちゃんと考えないと。筋道《すじみち》たてて考えて、正しい答えにたどりつかないと。わたしはスマホを出した。マッタに相談してみようかな？　どうだろう。でも、ほかにどうしたらいい？　わたしはメッセージアプリを開いて、文字を入力しはじめた。

するど、どういうわけか昔のSMSが出てきて、心臓《しんぞう》が止まった。ほんとに、ドクン、の途《と》中《ちゅう》で止まりそうになった。ママからのSMS。わたしはスマホを見つめた。なんでこれが出てきたの？　どういうこと？　わけわかんない。パパを見ると、パパは運転に集中してて、前に延《の》びるアスファルトのくねくね道から目を離《はな》さない。伸《の》びかけのあごひげをさすりながら、小声で鼻歌を歌ってる。『カントリー・ロード』かな？

わたしはまたスマホを見下ろした。

それで、わかった。マッタに新しいＳＭＳを書こうとして、まちがえて検索《けんさく》ボックスに〈ファッジ〉って書いちゃったんだ。それだけファッジのことばっかり考えて、頭がこんがらがってたってこと。ママからのＳＭＳには、こうあった。

愛する《マイン・リープリング》サーシャへ！　調子はよくなった？　算数のテスト、どうだった⁉　仕事のあとでサーシャの好《す》きなお店に寄《よ》るから、どれがいいか教えてくれる？　(a)イギリスふうのバニラファッジ　(b)バナナとピーナッツのファッジ　(c)マーブルチョコ入りのダークチョコレートファッジ。お祝《いわ》いになるか、残念会《ざんねんかい》になるかわからないけど！　どっちにしても、ファッジでいこう！　それじゃ。ママより♥

わたしはそのＳＭＳを、一回、二回、三回、二十五回読んだ。いくら読んでも飽《あ》きなかった。ママがこれを送ってくれたのは、二年まえ。ほかのＳＭＳも見つかった。読んでみる。

けさ、きつい言いかたしちゃったの、気にしてないといいんだけど！　ごめんね、ちょっといそがしくて。♥♥♥それに、サーシャのおなかが心配だよ。あしたお医者さんに行こうね。

かわい子ちゃん！　調子はどーお？　おばあちゃんちで楽しくやってる？　研修《けんしゅう》はおもしろかったけど、サーシャのほうが約《やく》千倍おもしろいから、もう帰ることにした！　（まあ、研修《けんしゅう》も終わったことだし……☺）　十四時十五分ごろ（二時十五分ね）に迎《むか》えに行くよ！
Ich liebe dich zum Mond und zurück、もう会いたくてしょうがない！　あとでねー、
ママンモスより！

ふっふっふ、サーシャがママのスポティファイ使ってるの、ばれてるぞ！　歩きながら楽しく＊ジョン・デンヴァー聴《き》いてたら、いきなり音が消えたの！　これで、サーシャがどんなの聴《き》いてるか、ぜんぶ盗聴《とうちょう》できるよ！　エージェント・ママより。

それで、ぶわっと思いだした。ママがまだ、すっごくわたしのママだったころのこと。テス

トがどうだったかきいてくれたり、わたしの好《す》きなお店に寄《よ》ってファッジを買ってくれたり、ハートマークをたくさん送ってくれたりしてたころのこと。わたしのおなかの具合を心配したり、きげんが悪かったことを謝《あやま》ったり、会いたくてしょうがないって書いてくれたり、ふざけたりしてたころのこと。それで、気づいた。ママはわたしの面倒《めんどう》をみてくれてた。ちゃんと、りっぱにわたしの面倒《めんどう》をみてくれてた。失敗《しっぱい》したわけじゃない。リストの2.は、最初《さいしょ》からまちがってたんだ。

ママはわたしに愛情《あいじょう》をくれたし、食べものも、あたたかさもくれた。それだけじゃない。むずかしい算数のテストのまえにわたしが緊張《きんちょう》してたのを知ってて、テストのあとにファッジを用意してくれた。それでわたしが喜《よろこ》ぶってわかってたから。

ふと、リンの言ったとおりだ、と思った。ママの愛情《あいじょう》は、わたしのなかにある。わたしの心に残《のこ》ってて、そこで光ってる。太陽みたいに。

わたしはもう一度、ママのSMSを読んだ。最後《さいご》のひとことが、急にきらきら輝《かがや》きだしたように見えた。

どっちにしても、ファッジでいこう!

まるで、ママが天国から答えをくれたみたい。

「パパ」わたしは言った。「わたし、決めた」

「決めた？」パパが言う。「どうしたい？」

「ファッジを飼《か》いたい。ファッジの面倒《めんどう》をみたい」

「ほんとか？　ほんとにほんとか？　ああ、サーシャ、よかった、うれしいよ！」

「うん。わたし、面倒《めんどう》みるの、ちゃんとできると思うから」

「そりゃできるさ！　できるに決まってるだろ！　それにな、おまえだけがやるんじゃない。ふたりでいっしょにやっていくんだ」

＊＊＊

夜、わたしは自分の部屋で、犬たちの庭にいるファッジの写真をスマホでながめた。いい写真はなかなか撮《と》れなかった。だって、ずうっと動いてるんだもん。ふさふさ毛の生えた垂《た》れ耳が立ち上がるほどの勢《いきお》いで走ったり、頭から芝生《しばふ》につっこんでころんだかと思ったら、ぴょんって起き上がって、お姉ちゃんだか妹だかのリコリスに突進《とっしん》していく。あまりにかわいくて、ぶきっちょでやんちゃで、写真を見てると笑《わら》い声《ごえ》が出ちゃう。わたしが撮《と》った写真十枚《まい》のうち、九枚《まい》はボケボケだ。ちゃんとピントが合ってるたった一枚《まい》で、ファッジは芝生《しばふ》にすわって、きれいな金茶色の眼《め》でまっすぐカメラを見てる。鼻がめちゃくちゃかわいいんだ、まるっこくて、ボールを半分にしたみたいな形で、顔にちょこんと押《お》しこまれてるように見える。頭の上と胸《むね》のあたりの毛の色が、ほかのところよりちょっと白っぽくて、バニラファッジみたいだけど、耳と足はバタースキャラメルみたいな色だ。

わたしは写真を送るためにクリックした。SMSに添付《てんぷ》。それから、こう書いた。

ママ、久《ひさ》しぶり！　ママの言うとおりだよ。ファッジでいこう！　わたしも、月まで行って帰ってくるくらい、ママのこと大好《だいす》き。まえからずっと大好《だいす》きだった。これからもずっと。サーシャより♥

そして、送信《そうしん》ボタンを押《お》した。

＊　アメリカの歌手。一九七一年に『テイク・ミー・ホーム、カントリー・ロード』を発表。

月まで行って帰ってくるくらい愛《あい》してる

わたしはお墓《はか》の前に立ってる。目の前にあるのが、それ。お墓《はか》。目の前にあるのが、墓石《はかいし》。灰色《はいいろ》で、すべすべしてる。ほら、ママ、ママの名前が書いてあるよ。サビーネ・レイン。金色の文字。ママの誕生日《たんじょうび》が書いてあって、その横に小さな星がついてて、ママが死んだ日も書いてあって、横に小さな十字架《じゅうじか》がついてる。ぜんぶ、金色。きょうは日差《ひざ》しがすごくあったかい。それで文字がきらきら輝《かがや》いて見える。金の原子番号は七十九。ママはそれくらいまで年をとるはずだったんだよ。少なくともね。でも、そうはならなかった。三十六歳《さい》にしかなれなかった。永遠《えいえん》に、ずっと三十六歳《さい》。きょうは五月二十七日、ママは三十七歳《さい》になるはずだった。

ねえ、ママ、どうしていままで来なかったんだろうって思ってる？　来られなかったの。もう二度とママに会えないんだってことが、どうしてもわからなくて。たぶん、いまだってちゃんとわかってはいないと思う。わかりたくないのかな？　いまでもときどき、ママは帰ってくるって思っちゃう。ママがいつもしてたみたいに、玄関《げんかん》のドアにタックルかまして、鍵《かぎ》をがちゃがちゃ言わせて、ドアを開けて、〈ただいま!〉って言ってくれるのを、ずっと待ってる。

ときどきね、体が痛《いた》くなるくらいママに会いたくてたまらなくなると、寝《ね》るまえにベッドの上で、ママの香水《こうすい》をシュッ、シュッてスプレーするんだ。で、香水《こうすい》の小さい、小さい粒《つぶ》が、霧雨《きりさめ》みたいに降《ふ》ってるあいだに、横になって目をつぶる。そうすると、ママがすぐそこにいるような気がしてくるわけ。ママがベッドにすわってるような気がね。で、言ってくれるんだ――〈*Ich liebe dich zum Mond und zurück*〉月まで行って帰ってくるくらい愛《あい》してる、って。

そうだ、きょう、なに持ってきたか見てよ! 見える? おととしの夏休み、ゴットランド島に行ったときに集めた、貝殻《かいがら》とか、石とか、化石とかを入れた箱だよ。海で泳いだの、覚《おぼ》えてる? ママ、わたしを高く抱《だ》き上《あ》げて、くるくる回って、わたしをぽーんって海に放り投げたよね。何度も、何度も。ママは黒いビキニを着てたね。ひもで結《むす》ぶところに、白い真珠《しんじゅ》みたいな玉がついてるやつ。わたしは犬の模様《もよう》の水着だったけど、あれはもう小さくなっちゃった。あたりまえか。わたしもママも、パラソルの下で寝《ね》そべって本読んでるだけなのに、すぐ日焼《ひや》けしちゃうタイプだったよね。パパは、もっとブタみたいなピンク色になった。それでパパのことからかったの、覚《おぼ》えてる? ことしの夏は、わたしひとりでパパのことからかわなきゃいけないね。

地面にはすわるなよ、まだ湿《しめ》ってるからってパパに言われたけど、じゃあどこにすわればいいんだろ？

さてさて、ママ、意見聞かせてくれる？　お墓《はか》のまわりにね、この貝殻《かいがら》を、額縁《がくぶち》みたいに並《なら》べようかと思うんだけど。これ、青みがかった黒できらきらしてるのは、ムール貝。こっちの、ちょっとクリーム色がかった白で、筋《すじ》の入ってるやつは、ザル貝。あと、これ……オオノ貝っていうのだけど、すっごくきれい。端《はし》のほうが薄《うす》くなってて、外側《そとがわ》はアプリコットみたいな色だけど、内側《うちがわ》は真っ白なの。あとね、ほら、化石もあるよ。見て、これ、しましま！　こっちは水玉模様《もよう》だし、これなんか、小さい動物の跡《あと》が残《のこ》ってる。くるくる線の入った小さいカタツムリみたい。これ、おととしからずっと、一度も見てなかったと思う。でも、ちゃんと覚《おぼ》えてるよ！〈化石っていうのは、動物とか植物とかが、やわらかい地層《ちそう》に閉《と》じこめられて保存《ほぞん》されて、その跡《あと》が残《のこ》ったものなの。何百万年もまえの生きものってこともあるんだよ！〉って。ほらね！　ちゃんと覚《おぼ》えてるんだから、ほとんどぜんぶ。

この石がいちばんきれい。ママが海にもぐってとってきたやつ。めっちゃ深いところまでもぐってたよね！　白くて、楕円形《だえんけい》で、すべすべで、まったく文句《もんく》のつけようがない石だよ。で、ママのいるところから読めるかわかんないけど、ここに……赤いマニキュアで書いたの、けっこういい感じになったと思うんだ。〈☾まで行って帰ってくるくらい♥〉ってね。

ここに花を植えるんだ。見える？　ほら、袋《ふくろ》に入ってるの。ピンクのバラと、ムラサキベンケイソウと、青いワスレナグサ。ワスレナグサって〈忘《わす》れないで〉って意味なんだって。なんか、ちょっとへんな名前だよ！　まるで忘《わす》れちゃえるみたいじゃん。

ところで、パパはどこにいるんだろうって思ってる？　パパはね、ファッジの散歩《さんぽ》で墓地《ぼち》を一周《しゅう》してるところ。ついでに水をくんできて、あと、花を植えるためのシャベルも探《さが》してくるって。なんかふしぎだよね、そう思わない？　ほんの三か月まえには、ファッジがこの世にいることすら知らなかったのに、いまやファッジはわたしにとって、世界でいちばん、だれよりもなによりも大好《だいす》きな生きものなんだから。けど、じつはもうファッジじゃなくて、ハチって呼《よ》んでるんだ。これはおばあちゃんのせい。いや、せいってことはないか。パパがおばあちゃんに電話して、ファッジを飼《か》うことになったって伝《つた》えたら、おばあちゃん、大声でこう言ったの。

「ええ？　ハ、ハチ？　めずらしい名前ねえ！」

それで、ふざけてハチって呼《よ》びはじめたら、それが定着しちゃったってわけ。それに、犬の名前は二文字でさいごを伸《の》ばせるほうがいいって本に書いてあってね。そのほうが犬はちゃんと聞くんだって。たしかに、大声で呼《よ》ぶときには、こっちのほうがしっくりくる。〈**ハーーーチーーー**〉みたいな。いまは犬についての本をたくさん読んでるよ。ハチのためにね。あのね、ママ、わたししばらくのあいだ、本をぜんぜん読まなかったのね。読まないって決めてたの。ほかにもいろいろ禁止《きんし》してた。散歩《さんぽ》とか、考えごととか、生きものの世話をすることとか。項《こう》目《もく》が七つあるリストをつくってね。へんな話って思うだろうけど、そうしないと死んじゃうって、本気で思ってた。けど、それはまちがいだったってわかったの。それでまた本を読みはじめたら、ほんとはずっと読みたくてしかたがなかったんだって、自分で気づいたよ！

それに、正直、クラスであてられたりテスト受けたりするときのために、ユーチューブで調べるだけじゃなくて、本も読んで勉強するようになったら、ずっと楽になった。世のなかにはさ、うそっぱちな動画をアップする人っていうのがいるみたいなんだよね。このまえ、国をひとつ選《えら》んで、その国について作文を書いて発表するっていう課《か》題《だい》があって、わたし、日本を選《えら》んだんだけどね。相手の言ったことが聞こえなかったとき、日本人は〈ワサービ？〉って言ってききかえすっていう話は、真っ赤なうそだったことがわかったの！

そうそう、本を読むようになったって話にもどるけど。自分で言うのもなんだけどさ、われながらうまくやったと思うんだよね。パパにね、こう言ったの。「パパがタバコをやめてくれたら、わたしもまた本を読む」って。じつをいうと、そのときにはもう本を読みはじめてたんだけど、パパには内緒《ないしょ》にしておいた。パパは一瞬《いっしゅん》考えこんだあと、お正月とか誕生日《たんじょうび》とか、そういうおめでたいときなら吸《す》ってもいいかってきいてきたから、わたしは、べつにいいけど、それならわたしもお正月とか誕生日《たんじょうび》とか、そういうおめでたいときにだけ本を読むことにするって言ったの。そしたらパパは急に、やっぱりスパッとやめたほうがいいな、健康《けんこう》のためにも、だって。

ハチがうちに来てから二週間になる。ママもハチに会ったら、大好《だいす》きになったよ、きっと！　もうね、ハチ以上《いじょう》にかわいい仔犬《こいぬ》なんて想像《そうぞう》もできないよ。あ、でも、じつはママのドクターマーチンの黒いブーツ、かじって食べちゃったんだよね。許《ゆる》してあげて！　たぶん、歯が生えてきてかゆいんだと思う。犬にも歯の生え変《か》わりってあるんだよ、知ってた？

ハチも木が大好《だいす》きなの。ママと同じ！　パパがここにママのお墓《はか》をたてることにしたのは、この大きな木の陰《かげ》ならきっとママも気に入ってくれるって思ったからなんだって。なんの木か、パパにきいてみたけど、パパは知らないって。ママならきっと知ってるよね。調べてみようっと。

パパとハチ、もうすぐ来るよ。そしたらママもハチに会えるね！　ハチが、わたしの十二歳《さい》の誕生日《たんじょうび》にパパがくれたプレゼントなのは知ってるよね？　すごいよね、最高《さいこう》のプレゼントじゃない？　で、きょうはママの誕生日《たんじょうび》。三十七歳《さい》。三十七って、ルビジウムの原子番号なの、知ってた？　ルビジウムは原子時計に使われる。原子時計って、ほかのどんな時計よりも正確《せいかく》に時間を計れるんだって。そういう時計、ママならきっと気に入ったよね？　時間にはきびしかったもんね。パパがいつも言ってたじゃん、ママは時間の見積《みつ》もりがきびしいって。むだなくらい時間に余裕《よゆう》をもって準備《じゅんび》してたよね。で、パパは見積《みつ》もりがかなり甘《あま》い。パパに聞いたんだけど、ママとのはじめてのデートで、ママは待ちあわせの十五分まえには着いてて、パパは十五分遅刻《ちこく》したんだってね。それでママがけっこうむすっとしてたって聞いたよ。それでもけっきょく、おたがいのことを好《す》きになったんだね。わたしの見積《みつ》もりはたぶん、わりと現実《げんじつ》的《てき》だと思う。それがいちばんだよね。ちがう？

ねえ、おもしろいこと教えてあげようか？　ルビジウムって、うつ病対策《たいさく》にも使えるんだって。ママもルビジウムもらえてたらよかったのにって思うよ。ママが飲んでたたくさんの薬より、元素《げんそ》のほうが効果《こうか》ある気がしない？

ああ、ママ、話してないことがたくさんありすぎて困《こま》る！　マッタがね、ユーチューブのチャンネルを始めたの。〈バンジョー・ベイビー！〉って名前。バンジョーで得意《とくい》な曲を弾《ひ》いて、その動画をアップしてるわけ。もうチャンネル登録《とうろく》した人が六十九人もいるんだよ！　で、いちばん人気のある動画の再生《さいせい》回数は、四百十七回までいったって。バンジョーに興味《きょうみ》ある人がそんなにたくさんいるって、けっこうすごいことだよね。思ってもみなかったよ。でね、ママ。わたし、オッシからエレキギターをもらってね、ちょっと弾《ひ》きはじめたの！　めっちゃいいギターだよ！　きれいって言ってもいい。スクワイヤー・ＪＶ・ストラトキャスターっていう名前で、色は〈シー・フォーム・グリーン〉。海の泡《あわ》のグリーンって意味らしい。まあ、ほぼミントグリーンみたいな色。

　マッタがいろいろ教えてくれたけど、どっちも弦楽器《げんがっき》とはいえ、バンジョーとエレキギターってかなりちがうんだよね。パパには、ぜったいにどこか場所を借《か》りて練習してくれって言われてる。同じアパートに住んでる人たちが四人も、音がうるさいって文句《もんく》言ってきたんだって。まだ一回しか弾《ひ》いてないのにだよ。まあ、ハチの耳がやられるといけないと思って、バルコニーでアンプを中庭に向けて弾《ひ》いたから、それもあるのかもしれないけど。まわりの建物《たてもの》にめちゃくちゃ反響《はんきょう》したらしいから。けど、みんな音楽を楽しむどころか、代わりにアパートの管理《かんり》会社に電話したってわけ。ほんとはみんな、わたしがこんなに芸術《げいじゅつ》の才能《さいのう》にあふれてるのがうらやましいんだと思う。

　で、わたしとマッタでバンドをやることにしたんだ。いまはバンド名を考えてるところ。びびったアスパラ《ホリファイド・アスパラガス》か、宇宙平和ガエル《コスミック・ピース・フロッグス》か、なんだけど。どっちがいいと思う？　バンジョーとエレキギターじゃ合わないよって言う人もいるけど、わたしたちの演奏《えんそう》をまだ聴《き》いてないからそんなことが言えるんだよね！　練習場所はオッシが探《さが》してくれるって。ということはつまり、あした見つかるかもしれないし、二年かかるかもしれないってこと。オッシだからね。予想がつかないよ。

そうだ、ママ、ひとつきいておかなきゃいけないことがあるんだ。テューラっているじゃん？　ずっとまえから、もうかんべんしてってわたしが思ってる子。あいつがさ、このまえの金曜日、発明品について発表してるときに、でっかいおならしたの！　すごくない？　だってね、わたし、あいつのジャケットのなかに、そういうことになるって書いた紙を仕込《しこ》んでおいたんだもん。ねえママ、天国はもちろん楽しいことだらけで、テューラにおならさせてるひまなんてないだろうって、わかってるけどさ。それでも思っちゃう。あれ、ママがやってくれたの？　だとしたら、もうめっちゃ最高《さいこう》だったよ、ママ！

あっ、ママ、来た来た！　ほら、見て、あっちの坂のほう。ハチが先頭で、パパがそのうしろ！　うわあ！　見てよ、かわいいでしょ、ハチ！　ふさふさで茶色い、ちっちゃな耳。ピンクの舌《した》！

そうそう、ママ、最後《さいご》にもうひとつだけ！　ハチが来るまえに言っておくよ。あの子ったら赤ちゃんみたいなもんで、来たら気を取られちゃうからね。わたしね、スタンダップ・コメディアンになったの！　信《しん》じられる？　例《れい》のリストのおかげで、なにはともあれ、いいことがひとつはあったわけ。つぎにママに会いに来るときには、とっておきのネタ、いくつか披露《ひろう》するよ。わたしもおかしな骨《ファニー・ボーンズ》を持ってるって、ママに思ってもらえますように！　いや……ちょっと待って、ママ。きょうはママの誕生日《たんじょうび》で、わたしはもう、れっきとしたほんもののコメデイ・クイーンなんだから、いますぐここで披露《ひろう》したっていいんじゃない？　ママ、どう思う？

よおし、さあ、大きな拍手《はくしゅ》でお迎《むか》えください！　**サーシャ・レイン、参上《さんじょう》！**

訳者あとがき

もうすぐ十二歳になるサーシャは、だれにも内緒《ないしょ》で、ある「リスト」をつくります。〈死なないために、気をつけなきゃいけないこと〉。サーシャのママは心の病気をわずらって、自ら命を絶ったのです。ママと同じことをしていたら死んでしまう――サーシャはそう考えました。ママの逆をすればいい。だから、見た目を変える。本を読むのをやめる。考えごとをしない。そして、ママみたいに人を泣かせるのではなく、笑わせる！

こうして、サーシャはお笑いの女王、コメディ・クイーンになることを決意します。スウェーデンで一般的なスタンダップ・コメディという形式は、いわゆるピン芸人によるひとりコントのようなものです。努力家のサーシャは、ネタ帳をつくったり、聞き手を見つけて練習したり（でも、相手は聞く気がないことも……）、ユーチューブを見て勉強したりと、目標に向かってつきすすみます。さて、サーシャはコメディアンとして成功できるのでしょうか。そして、成功したとして……そのあとは？

『コメディ・クイーン』は、スウェーデンの作家イェニー・ヤーゲルフェルトが二〇一八年に発表した作品です。ヤーゲルフェルトは心理学者でもあり、ちょうどこの物語に出てくるリンのように、児童精神科で心理士として働いていたこともあります。スウェーデンにかぎらず外国でも高く評価されている作家です。ちなみにヤーゲルフェルトのお父さんはドイツ出身で、サーシャのママと同じですね。作中にもちらほらドイツ語が出てきます。たとえば、パパが車を運転しながら、ドイツの人気ロックバンド、ラムシュタインの『ドゥ・ハスト』を歌っている場面。なお、この歌詞「DU HAST MICH《ドゥ・ハスト・ミッヒ》」は、「おれはおまえのもの」にも「おまえはおれを憎《にく》んでいる」にも聞こえるのだそうです。

ヤーゲルフェルトは心理学者としての知識を生かして、心の病気や性自認、発達障害などのむずかしいテーマに取り組んでいます。が、重苦しいだけの作品はひとつもありません。彼女の作品の最大の特徴は、ユーモアです。人間である以上、悲しいことやつらいことは避けられないけれど、そんなとき、ユーモアは大きな支えになってくれます。そして、だれかと話をすることも。ヤーゲルフェルトはこの物語の著者あとがきで、こんなふうに書いています。

世のなかには、話すと心が張りさけそうでつらいから、多くの人が話さずにすませようとする話題がいくつもあります。自殺はそのひとつです。心の病気も、そのひとつです。こういうことについて人々がもっと話せるようになればいいと、わたしは心から願っています。なぜって、わたしも、この本に出てくる心理士のリンと同じ考えなんです。悲しみや怒りや不安を感じることが危険なのではない。危険なのは、そのようなつらい考えや気持ちを、ひとりでかかえつづけることです。この悩《なや》みはけっして解決できない、自分は永遠にこんな気分のままなんだ、自分は世界にひとりぼっちなんだ、と思いこんでしまいかねないから。そして、忘れてしまうかもしれないのです――ものごとは変化する、いまはそういう気分でなくても、いつかは笑顔になれる日が来る、ということを。自殺や心の病気について、みんながもっと気軽に話せるようにしたい。それが、この本を書いた理由のひとつです。話をすることは、命にかかわるほどだいじなことだから。

話せる人が身近にいなくても、相談できるところはあります。

◆**チャイルドライン**(https://childline.or.jp/)

十八歳までの子どものための相談先で、どんなことでも電話(0120―99―7777、毎日午後四時~午後九時、年末年始はおやすみ)やチャットで、匿名《とくめい》でお話しできます。

◆**子供のSOSの相談窓口**(https://www.mext.go.jp/a_menu/shotou/seitoshidou/06112210.htm)

文部科学省のページで、さまざまな相談窓口の情報がのっています。

◆**全国自死遺族総合支援センター**(https://izoku-center.or.jp)

身近な人を自死で亡くした方々への支援《しえん》をおこなっています。ページは大人向けですが、電話相談やメール相談、また子どもや若者のための集《つど》いの案内もあります。

最後にもうひとつ。たいせつな人を自死(自殺)で失った方々のなかには、サーシャと同じ気持ちにならない方もたくさんいらっしゃると思います。考え方、感じ方は人それぞれです。たとえば、「自殺」という言葉に対する気持ち。スウェーデン語でも日本語と同様、自分を殺す、というふうに表現します。とても強い言葉です。事実なんだからはっきりそう言ってほしいとサーシャは考えています。でも、この言葉がきつすぎて、つらいと感じる人も多いでしょう。

だから、あなたがもしたいせつな人を自死で失った経験があるとしたら、サーシャと同じように感じない自分はおかしい、とは考えないでほしいのです。また、もしあなたの身近に、だれかを自死で失った人がいるとしたら、「この本にこう書いてあるから、あの人はこう考えているんだ」と決めつけるのではなく、なによりその人の話に耳を傾《かたむ》けることがだいじだと思います。私も、そう心がけたいと考えています。

この物語の翻訳《ほんやく》にあたって支えてくださった方々、とりわけ岩波書店児童書編集部の松原あやかさんに、心からお礼を申し上げます。

二〇二四年八月

ヘレンハルメ美穂

イェニー・ヤーゲルフェルト
作家、心理学者、性科学者。2006年、『*Hål i huvudet*(頭に開いた穴)』でデビュー。2作めのYA小説『わたしは倒れて血を流す』(ヘレンハルメ美穂訳、岩波書店)で、2010年アウグスト賞を受賞する。スウェーデンのすぐれた児童書・YA作家に贈られるアストリッド・リンドグレーン賞(2017年)およびクッラ・グッラ賞(2022年)ほか受賞多数。自死、精神疾患、ADHD、性自認、子どもの貧困など深刻なテーマを鋭い心理描写とユーモアあふれる文体で描く、スウェーデンを代表する人気作家。

ヘレンハルメ美穂
スウェーデン語翻訳家。訳書に、ラーソン「ミレニアム」シリーズ(共訳、早川書房)、ナット・オ・ダーグ『1793』『1794』『1795』、ペーション『アフガンの息子たち』(以上、小学館)、リンドクヴィスト『「すべての野蛮人を根絶やしにせよ」』(青土社)、リンドグレーン『山賊のむすめローニャ』(岩波書店)、ビョルンシェーナの絵本「おとうとうさぎ」シリーズ(クレヨンハウス)ほか多数。スウェーデン在住。

コメディ・クイーン　イェニー・ヤーゲルフェルト作

2024年10月30日　第1刷発行

訳　者　ヘレンハルメ美穂《みほ》

発行者　坂本政謙

発行所　株式会社　岩波書店
〒101-8002 東京都千代田区一ツ橋2-5-5
電話案内 03-5210-4000
https://www.iwanami.co.jp/

印刷・三陽社　カバー・半七印刷　製本・松岳社

ISBN 978-4-00-116052-9　　Printed in Japan
NDC 949　278 p.　19 cm